班的故事1：

第五个孩子

[英国] 多丽丝·莱辛 著 | 何颖怡 译

译林出版社

图书在版编目（CIP）数据

班的故事. 1, 第五个孩子 / （英）多丽丝·莱辛（Doris Lessing）著 ; 何颖怡译. -- 南京 : 译林出版社, 2025. 3. --（莱辛作品）. -- ISBN 978-7-5753-0596-9

Ⅰ. I561.45

中国国家版本馆CIP数据核字第20259Q7C49号

The Fifth Child

著作权合同登记号　图字：10-2021-123号

班的故事 1：第五个孩子　［英国］多丽丝·莱辛 / 著　何颖怡 / 译

责任编辑　宗育忍
装帧设计　金　泉
校　　对　孙玉兰
责任印制　颜　亮

原文出版　Harper Perennial，2007
出版发行　译林出版社
地　　址　南京市湖南路 1 号 A 楼
邮　　箱　yilin@yilin.com
网　　址　www.yilin.com
市场热线　025-86633278
排　　版　南京展望文化发展有限公司
印　　刷　苏州市越洋印刷有限公司
开　　本　850 毫米 ×1168 毫米　1/32
印　　张　5.375
插　　页　4
版　　次　2025 年 3 月第 1 版
印　　次　2025 年 3 月第 1 次印刷
书　　号　ISBN 978-7-5753-0596-9
定　　价　58.00 元

译林版图书若有印装错误可向出版社调换。质量热线：025-83658316

海蕊与戴维相遇于一场两人都不怎么想参加的公司派对，那一刻两人马上知道这就是他们等了一辈子的时刻。在别人眼中，他们老派、保守，不用说还陈腐、胆怯、难以取悦，冠在他们身上的冷淡形容词简直没完没了。他们也对自己抱持顽固看法，并强力捍卫，认为自己只是平凡人，而且平凡有理，不该因为他们情感克制又矜持而饱受批评，仅仅由于这些特质跟不上时代。

在这场著名的公司派对上，两百名员工挤在一间华丽庄严的长条形房间里。三家关联企业公司（都和建筑有关）的员工，每年年终一起在此举行派对，其余的三百六十四天，这个房间是会议室。派对很吵，小型乐队演奏的砰砰声震动墙壁与地板。多数人在跳舞，因空间狭小而摩肩接踵，对对男女在原地跳跃打转，好像脚底下有隐形唱盘。女员工盛装出席，夸张、诡异、色彩缤纷：看我！看我！部分男士也同样惹人注目。少数不跳舞的人被挤到墙边，包括海蕊与戴维，捧着酒杯独自站着——仿若旁观者。两人都在想，跳舞者（男女皆是，女性尤然）的脸扭曲变形，说是快乐享受，倒也像在痛苦呐喊。这场面有种硬挤出来的兴奋狂热……但如同他们的许多其他想法，海蕊与戴维也不期望有人能分享自己此刻脑中所想。

从房间这一头望去，如果有人能在装扮夺目的人海中看到靠墙而站的海蕊，她就像模糊的蜡笔画。仿若印象派画作或魔幻特效摄影里的女孩，海蕊和背景融成一片。她身旁的大花瓶插着干燥植物，她的连衣裙也是花草图案。仔细点看，便会发现她留了黑色鬈发，全然过时……蓝色眼睛，温柔但深思……嘴唇紧抿。其实，她的轮廓很深又好看，身材结实。一个健康的年轻女子，但，或许更适合待在花园里？

戴维已在原地站了一个小时，深思慢酌，严肃的灰蓝色眼睛不时地看看这个人、那一对，看他们如何攀谈又分开，在人群里来回弹跳。海蕊觉得戴维的样子并不沉稳，好似踌躇彷徨，不断挪动脚后跟维持平衡。他是个瘦长的年轻男子（看起来比实际年龄小），有张耿直的圆脸，还有一头女孩都想抚弄的柔软棕发，但他沉思的眼神随即让她们断念。他让女孩觉得不舒服，海蕊倒不会。她知道戴维外表的警戒疏离正是她的翻版，由此判断他的风趣态度纯粹是努力装出来的。戴维的心里也对海蕊有相同的评估：她似乎和他一样讨厌这种场合。他们一眼就认出了对方。海蕊在一家设计并经销建材的公司业务部上班，戴维是建筑师。

到底这两人是什么地方被视为怪胎、与别人格格不入？是他们对性的看法！这可是1960年代！戴维曾和一个他爱得很勉强的女孩维持了一段漫长而困难的关系，她正是戴维不想要的那种女人。他们笑说性格互斥才相吸嘛。她嘲弄戴维企图改造她："我猜你认为你可以让时光倒转，从我开始！"自从他们相当不愉快地分了手，戴维猜她睡遍了希生斯白兰特公司里的每个男人。如果她也跟女人睡觉，他亦不吃惊。今晚的派对，她也来了，穿了一件猩红色洋装镶黑色蕾丝，巧妙地模仿了弗拉明戈的舞裙。在这件混搭品之上，她的头突兀地浮现，纯19世纪20年代复古风，丝缎般的黑色长发在颈背处垂成一束，又在耳后扎成黑色光滑的两束，额头上还有一绺黑发。她和舞伴在房间另一头飞转，隔着人海对戴维疯狂挥手飞吻，他则微笑以对，不伤感情嘛。至于海蕊，她还是处女。她的女友闻言尖叫："你疯了吗？你现在还是个处女？"如果处女是一种需要自我辩解的生理状态，那她不当自己是个处女，而是用美丽包装纸层层包裹，等待慎重送给正确对象的礼物。连她的姐妹都笑她。当她坚称“很抱歉，我不喜欢随便和人上床，我不适合”时，办公室的女孩似乎颇觉好笑。她自知是众人有趣的话题，常被刻薄地讨论。就像她祖母那辈的好女人常用冷酷鄙夷的口吻说：“你知道的，她不道德”或“她没有多好”或“她根本没有道德观”；又如她母亲那辈的女人会说：“她是个轻骨头”或“她是花痴”——现在，这些开化的女孩也说：“铁定她童年时发生了什么事，才会这样。可怜的女孩。”

的确，有时她也觉得自己运气不佳或某方面有缺憾，因为她和男人外出吃饭、看电影，当她拒绝进一步发展时，就被当作是不够大方、思想病态的铁证。她也曾和一个年轻女友（比办公室那些女孩年轻）往来一阵子，结局是：海蕊绝望地判定那女孩“和其他人没两样”，而判定自己是“不合时宜者”。多数夜晚，她孤独度过，周末则常回母亲家。她妈说：“嗯，你只是老派了点。很多女孩如果有条件，也想保守点。”

这两个古怪的人，海蕊与戴维，不约而同地从自己的角落走向对方。“不约而同”这点很重要，因为这个著名的公司派对后来成为他们故事的一部分。“是的，完全同一时间……”他们必须挤过拥到墙边的人群，把杯子高举过头，以防泼洒到舞客。

他们终于面对面，露出微笑（或许略带焦虑）。他牵起她的手，两人沿路推挤着人群走到隔壁房间，那里供应自助餐，挤满了喧嚣的人群，他们又挤过人群到走廊，零星几对情侣在此热拥。他们推开第一扇未上锁的门，里面是间办公室，有办公桌椅，还有一张沙发。沉默……嗯，几乎。他们叹了口气，放下酒杯，相对而坐，这样才能尽情看着对方，开始聊天。他们热烈交谈，仿佛以前都不准说话，又仿佛极其渴望说话。他们继续紧紧相偎聊天，直到走廊对面的房间嘈杂声渐歇，然后他们悄悄溜走，回到戴维位于近处的公寓。他们躺在床上，手牵手继续聊天，时而接吻，而后睡去。海蕊几乎是马上搬去和戴维同居，因为她只分租得起大公寓的一个房间。他们已经决定春天结婚。何必等待？他们是天造地设的一对。

海蕊是长女，有两个妹妹。一直到十八岁离家，她才知道自己受惠于童年良多，她多数朋友的父母离异，过着随性而危险的生活，套用一个说法——有情绪困扰的倾向。海蕊毫不困扰，她总是知道自己要什么。她在学校表现不错，上了艺术学院，成为制图设计师，用这份工作来打发婚前时光，还算合适。她从不烦恼要不要做职业女性，但她不希望大家认为她比想象中的还要古怪，所以此事还有讨论空间。她母亲是个满足的女人，拥有想要的一切，至少她和她的女儿们如此认为。海蕊的父母理所当然地认为快乐的生活奠基于快乐的家庭。

戴维的家庭背景完全不一样。他七岁时父母便离异。他常（其实太频繁了）开玩笑说，他有两对父母；他是那种拥有两个家，在两个家都有房间的小孩，两边父母都很关切他的心理问题。他没被恶意对待或刁难，虽然心理上不舒服，甚至不快乐。他母亲的第二任丈夫，他的继父菲德烈·柏克是个做学问的人，历史学者，在牛津有栋寒酸的大房子。戴维蛮喜欢他的继父，他人很好但有点冷淡，他母亲也一样和善而疏远。他在那栋房子的卧房就是他的家，或者该说“曾经是”他的家，因为在他的想象中，他很快就要和海蕊建立一个家，是过去这个家的延伸与扩大。曾经被他视为家的那间大卧房位于房子尾端，俯瞰荒芜的庭院；房间寒碜，充满男孩时期的气息和典型英国式冷淡的气氛。戴维的生父詹姆斯·骆维特再娶的对象和他是同路人，一个能干、善良、聒噪的女人，散发着富人式的轻松的愉悦。詹姆斯是造船商，每当戴维同意造访老爸，他的“家”不是游艇卧铺，就是法国南部或西印度群岛别墅里的一个房间。他们会说：“戴维，这是你的房间！”他还是比较喜欢牛津的老房间。成长过程中，他对未来有严格的自我要求，他的孩子绝对要过不一样的生活。他知道自己要什么，也知道他想要什么样的女人。如果说海蕊是以老派观点看待她的未来——某个男人将交给她一把开启她王国的钥匙，在那个王国里，她将找到本性渴望的一切，或许她一开始并不自觉这是她的天赋权利，而后却日益坚定趋近这个目标，不容任何模糊与曲折——戴维则视他的未来是需要努力以赴与细心保护的。他的妻子必须与他有下列共同点：他们都知道幸福在哪里并知道如何保有它。认识海蕊时，戴维已经三十岁，在这之前，他以野心男子的严峻自律投入工作，现在他是为了“家”而努力。

他们想要的那种生活和适合的房子，在伦敦是找不到的。反正，他们也不确定要住在伦敦，他们宁可选择有特殊风情的小城。周末时，他们在伦敦附近（通勤可达）的城镇找房子，没多久便找到一栋坐落于茂盛花园的维多利亚式大房子。完美极了！但对年轻夫妇而言，实在太疯狂了——三层楼外加阁楼，许多房间、走廊与楼梯转角……孩子再多，也有足够空间。

他们的确想要许多孩子。怀抱对未来的巨大期望，他们以微带挑战的口吻说：“我们不在乎孩子多。”“四个，甚至五个……”戴维说，“或者六个。”“或者六个！”海蕊说着，因如释重负而笑出泪来。他们倒在床上大笑、翻滚、亲吻，狂喜不已，因为他们原本以为“多生孩子”这档事可能会遭到对方拒绝或者必须妥协，现在显然顾虑解除了。不过，他们也只能跟彼此说“至少生六个”，却无法讲给别人听。因为虽然戴维薪水不低，再加上海蕊的薪水，他们却仍付不起这栋房子的贷款。但他们会想办法应付。她会继续工作两年，每日和戴维坐车到伦敦上班，然后……

买下这栋房子的那个下午，他们手牵手站在前廊，花园里鸟儿啁啾，早春寒雨将仍乌黑的树木粗枝淋得发亮。他们打开前门，心儿快乐怦跳，置身极大的房间，面对宽敞的楼梯。前任屋主和他们一样，知道“家”该是什么样子。一楼的墙壁全部打掉，空间变得极大，一半是厨房，以一道矮墙做区隔，矮墙上面可以摆书，剩下的一半空间足够摆上长沙发、椅子等让人伸展手脚和舒服享受的起居室家具。他们温柔轻步穿过这个巨大房间，屏住呼吸，微笑相视，看到对方泪水浮上眼眶，便笑得更开心了。他们走过即将铺上地毯的光秃地板，踏上老式铜条贴边（也需要铺上地毯）的楼梯，往上爬。二楼有一间大卧房——他们的；正对门是一间小卧房，他们的孩子出生后将先住在这间。这一层还有四间颇像样的房间。他们继续跨上变得稍窄但仍然宽敞的楼梯，三楼还有四间卧房，窗子和楼下卧房的一样，可以看到树木、花园与草坪——全是郊区的愉悦景色。再往楼上走，是巨大的阁楼，到了孩子喜爱神奇秘密游戏的年纪时，那里正适合他们玩耍。

他们慢步踱下楼梯，一层楼，两层楼，经过一个又一个房间，想象里面满是孩子、亲戚与客人，再度来到他们的卧房。房间里有张大床，是前任屋主夫妇特别定做的。售屋代理人说，前任屋主如要带走这张床得拆下来，况且他们要搬去国外了。海蕊与戴维并肩躺在床上，审视自己的房间。他们静默不语，惊喜于他们所接收的一切。未来的岁月里，窗外的紫丁香树、躲在树背后渲染的太阳，都将在宽阔的天花板上描画出诱人的阴影。他们转头望向窗外，紫丁香树梢花苞饱满，马上就要灿烂绽放。然后他们转头相视，泪水滑下脸庞。他们开始在那张床上做爱。海蕊差点哭喊："不要，住手！我们这是干什么？"他们不是决定要两年后才生孩子吗？但她被戴维的意图感动了——是的，他以一种审慎专注的热情与她做爱，深深望进她的眼睛，让海蕊接受了他，也接受他占有她体内的未来。她没用避孕用品（他们都不信任避孕药），现在又是受孕期。但他们以这种严肃审慎的心情继续做爱，一次，两次。稍后，当卧房暗了下来，他们又做了一次。

海蕊很害怕，却决心不显露自己的忧惧，小声说："嗯，我猜木已成舟了。"

戴维笑了。那是种肆无忌惮、不顾一切的大笑，完全不像素日那个风趣、节制、谦虚的戴维。现在房间变得很暗，显得巨大，好似无边的洞穴。树枝刮过近处的墙壁。房间内有冷雨湿土与性爱的气味。戴维躺着微笑，当他发现海蕊在看他，便微微歪过头去，用笑容包纳了她，但是他的眼里闪烁着她无法猜透的心思。她不认识他了……为了打破眼前的魔咒，她飞快地说："戴维。"但是他的拥抱突然收紧，他的手以海蕊想象不到的力气抓住她的上臂，坚持不放，仿佛告诉她：安静。

他们躺在那儿，直到逐渐恢复平常，才能转头注视亲吻，那是令人安心的白日之吻。他们起身在湿冷的黑暗中穿衣——房子还没通电。他们安静地走下楼梯，步出这栋他们已经完全占为己有的房子，进入尚未被他们占有，依然对他们神秘隐藏的花园。

海蕊坐进车子准备回伦敦时，打趣说："嗯，如果我怀孕了，我们要怎么付这栋房子的钱？"

真的，怎么办？果然就在那个下雨的黄昏，就在那间卧房里，海蕊受孕了。想到他们资源的稀少与财力的薄弱，好一阵子，他们心情非常不好。人一旦处于贫困窘迫之中，就仿佛等待着世人的审判；海蕊与戴维也觉得自己贫瘠、无能，除了被众人视为“脑袋不清楚”的固执信念外，一无所有。

虽然戴维富有的生父与继母支付他的教育费（以及他妹妹德博拉的教育费；德博拉喜欢生父的生活方式，他则喜欢生母的生活方式，因此兄妹俩很少见面，他对两人的差异以一言蔽之——她选择了富人的生活），除教育费外，他从未向生父伸手要过钱。现在也不想开口，但是他的英国父母（他如此形容生母与继父）没什么钱，他们只是毫无野心的学院派人物。

一天下午，戴维、海蕊、戴维的母亲莫莉、继父菲德烈四个人站在起居室楼梯旁，环视他们的新王国。现在厨房已摆了一张巨大的桌子，至少可以坐十五到二十人；起居室还有他们购自二手货拍卖场的几张大沙发与宽敞的扶手椅。戴维与海蕊站在一起，面对这两个审判他们的老人，觉得自己似乎显得越发悖理反常，过于幼稚年轻。莫莉与菲德烈身材高大，不修边幅，白发丛生，衣着讲求舒适，似乎刻意唾弃流行。他们看起来就像两堆和蔼可亲的稻草堆，却没用戴维平日熟悉的眼神互看对方。

戴维故作幽默道：“好吧，你们可以坦白说。”他的语气掩不住焦虑。他轻揽海蕊，后者因害喜与一整个星期都在刷地板、洗窗子而脸色苍白、筋疲力尽。

菲德烈理智地问："你是要开旅馆吗？"他决心不做论断。

莫莉问："你们到底想要几个孩子？"然后短促一笑，表示她知道反对也没用。

戴维轻声说："很多。"

"是的，"海蕊说，"很多。"她不像戴维那么清楚他的父母对他们的行为感到有多困扰。莫莉、菲德烈和所有搞学问的人一样，虽努力表现出绝不从俗的模样，事实上，他们却是传统的精髓，不喜浮夸的精神与举止无度的表现，这栋房子就是！

戴维的母亲说："走吧，请你们吃饭，如果附近有像样的餐馆。"

吃饭时，他们聊些别的话题，直到喝咖啡时，莫莉才说："你知道你得向你父亲开口求助？"

戴维痛苦皱眉，但他必须面对现实，重要的是这栋房子，以及他们将在这栋房子里过的生活。莫莉与菲德烈从戴维坚定不移（在他们看来，只是年轻人的自以为是）的表情看来，知道他认定他在这栋房子里的未来日子将一笔勾销并抹去他两对父母的缺憾生活。

当他们在餐馆黑暗的停车场道别时，菲德烈说："就我看来，你们两个疯了，根本就是头脑不清。"

莫莉说："是呀，你们根本没想清楚。还有孩子……没养过孩子的人不知道养孩子有多麻烦。"

戴维笑了，提出他的论点——一个莫莉只能故作微笑以对的老论点："你不是母性的类型，这不是你的本性。海蕊是。"

莫莉说："好吧！反正是你的生活。"

她打电话给戴维的父亲詹姆斯，当时他正在外特岛海边的游艇上。他们的对话以"我想你该来亲眼看看"结尾。

"好吧！我会的。"他说，响应了前妻的弦外之音。他一直不擅应付她意在言外的表达方式，这也是他乐于与她分手的主要原因。

就在这次对话后不久，戴维与海蕊再度与戴维的另一对父母站在房子外，这次他们没进门。杰西卡站在草坪中央，草坪上覆满冬日与多风春日扫下的落叶，她严苛地审视那栋房子。对她而言，它就和英国一样，阴沉又可憎。她和莫莉年纪相当，看起来却至少年轻二十岁，身材苗条，肤色古铜，没抹防晒油，却好像全身油亮。她有一头闪亮的金色短发，衣着鲜艳。她用翠绿色鞋跟踩踩草坪，看着丈夫詹姆斯。

他已经看过这房子一次，说：“这是不错的投资。”一如戴维的预期。

戴维说：“是的。”

“要价没偏高。我想可能是因为对多数人家而言，这房子太大了。房地产鉴定没问题吧？”

戴维说：“没问题。”

“这样的话，贷款由我来出吧。要付多少年？”

“三十年。”戴维说。

“房贷期满，我大概都死了。嗯，反正我也没送你像样的结婚礼物。”

杰西卡提醒他：“到时，你也得给德博拉相同待遇。”

詹姆斯说：“我们为德博拉做的远超过戴维。反正，我们负担得起。”

杰西卡笑着耸耸肩，钱，大多是她的。出手阔绰是他们的生活写照，戴维曾浅尝过那样的生活，激烈排斥，虽然他从未明讲，但他比较喜欢牛津那个家的拮据俭省。过于华而不实、过于轻松，那是富人的生活；但现在他必须承受它的恩惠。

杰西卡像只小鹦鹉栖立于潮湿的草坪，说：“敢问一声，你们打算生几个孩子？”

戴维说："很多。"

海蕊说："很多。"

杰西卡说："幸好是你，不是我。"然后她与戴维的父亲双双离开花园，离开英国，如释重负。

接下来是海蕊的妈妈多拉丝进入他们的生活。海蕊或戴维从未想过："天哪，糟透了，老妈整天在跟前。"他们既然选择了家庭生活，结果就是多拉丝会时不时来帮帮海蕊，虽然多拉丝宣称她得回去过自己的生活。多拉丝是寡妇，她所谓"自己的生活"是造访三个女儿。老房子早就卖了，她有个小公寓，不怎么好，但她不是好抱怨的人。当她第一次目睹这栋新房子的庞大，以及未来可以容纳多少孩子后，连续好几天，她都异常沉默。带大三个女儿并不容易，她的丈夫是化学工程师，收入不错，但总是余钱不多。她太清楚养一个家（不管多小）要花多少钱。

一天他们三人晚餐时，她表达了看法。戴维那天回家晚了，火车误点。通勤上班本来就不轻松，戴维尤其辛苦，一天来回两趟，两小时。但这是他对实践梦想的奉献。

厨房大致布置完成：一张大餐桌，摆了四把厚重的木椅，其他的椅子靠墙摆放，等待还未出世的家庭成员与访客。厨房里还有一个阿嘉牌大炉子，一个老式餐橱柜，上面有钩子可悬挂杯子与马克杯。花瓶里插着从花园中摘下的花，夏天时，那儿盛开玫瑰与紫丁香。他们正在吃多拉丝做的传统英国布丁。屋外，风声与飞舞的树叶不时打在窗台上，发出微小的砰砰声，显示秋意正浓，但是他们将温暖厚重的印花窗帘拉上。

多拉丝说："你知道，我一直在想你们的事。"戴维放下汤匙聆听。换作是他世故的父亲或超脱俗事的母亲说话，他不会如此慎重。多拉丝说："你们不用操之过急——先听我把话说完。海蕊才二十四岁，还没满二十五。你也才三十岁，戴维。你们两个表现得好像不紧紧抓牢，就会失去一切似的。至少，这是听你们说话时我的感觉。"

当戴维与海蕊聆听多拉丝说话时，他们眼神交会，蹙眉，陷入深思。身躯高大、健康朴素的多拉丝总是态度果断、深思熟虑，不容忽视；他们知道该给她一个交代。

海蕊说："我的确有那种感觉。"

多拉丝说："女儿，我知道。昨天你还说这胎之后，要马上再生一个。依我看，你会后悔的。"

戴维固执地说："可是，我们拥有的很可能一下子全部失去。"海蕊与多拉丝都知道这种巨大恐惧感来自他的内心深处，收音机每日播放的新闻更是雪上加霜。到处都是坏消息，虽然这些新闻不见得马上成真，但也够吓人的。

多拉丝说：“多想想，我希望你们多思考一下。有时，你们真是把我吓坏了。真不知道是怎么回事。”

海蕊尖锐地回应说：“或许我们应该生在别的国家。你可知道在地球另一头的国家，一家六个小孩，根本很正常，没什么惊人的——他们才不会被当成罪犯。”

戴维说：“如果说我们看起来不正常，那是因为我们身在欧洲。”

多拉丝和他们一样固执：“我可不知道。如果你生六个、八个甚至十个——别打岔，我知道你在想什么，海蕊，我太了解你，不是吗？——如果你住在世界另一头，譬如埃及、印度或其他地方，你的半数孩子会夭折或者无法受教育。你是企图鱼与熊掌兼得。有钱贵族——他们大可像兔子一样多产，别人也期望他们多生，他们养得起。穷人孩子多，大家也认为自然，其中一半会夭折。像我们这样不上不下的人，生养孩子要特别算计，才能好好教养他们。在我看来，你们根本没有深思熟虑……别动，我去弄咖啡，你们去沙发坐下。”

戴维与海蕊绕过厨房与起居室的隔间矮墙，牵手坐在沙发上，一个是瘦削、固执，脸上微带困扰的年轻人，一个是脸上潮红、身躯臃肿、行动笨拙的女人。海蕊已经怀孕八个月，她怀孕有点辛苦，虽没什么大毛病，但害喜得厉害，因消化不良而睡眠不佳，而且对自己失望透了。他们不明白为什么大家都批评他们。多拉丝端来咖啡，放在桌上后说："我去洗碗，别起身，你坐着就好。"然后转身回洗碗槽。

海蕊沮丧地说："但那是我的真实想法。"

"我知道。"

海蕊说："我们应该趁能生的时候赶快生。"

多拉丝站在洗碗槽旁边说："第二次世界大战开始时，大家都说那时生孩子是不负责任的行为，但我们还不是照生不误？"她笑了。

戴维说："不就是吗？"

多拉丝说："而且我们也把孩子养大了。"

海蕊说："我就是明证。"

他们的第一个孩子路克是在主卧房大床出生的，由助产士接生，布莱特医师也在旁。戴维与多拉丝握住海蕊的手。不用说，布莱特医师希望海蕊到医院生产。但海蕊坚持在家里，对此，布莱特医师很不赞同。

那是圣诞节刚过没多久，一个强风寒冷的夜晚。但是屋内温暖，气氛棒极了。戴维哭了，多拉丝也哭了，海蕊又是哭又是笑。助产士与医师享受了欢欣与胜利的气氛。他们一起喝香槟庆祝，并倒了一点在路克的额头上。那是1966年。

路克是个好带的小孩。多数时间都在主卧房对门的小卧房里安静地睡觉，满足地吸吮母乳。幸福！当戴维早上出门搭火车到伦敦上班前，海蕊会坐在床上一边给孩子喂奶，一边啜饮戴维端给她的茶。戴维弯下腰亲吻她道别，抚摸路克的头。他的动作有一种海蕊喜欢并了解的强烈占有欲，因为戴维占有的不是她或小宝宝，而是幸福。她与他的幸福。

他们的第一个家庭派对是复活节。每个房间都已简单布置，屋里挤满人，包括海蕊的妹妹——莎拉、安杰拉，以及她们的先生与小孩；还有早就在此如鱼得水的多拉丝；莫莉与菲德烈也短暂来访，他们承认聚会颇愉快，但这种规模的家庭生活绝不适合他们。

了解英国的行家此时必能看出，依据不成文却强有力的英国阶级划分系统，海蕊家的位阶显然低于戴维家。戴维的两对父母才和沃克家人[1]见面不到五秒钟，便发现此一事实，但不予

1. 海蕊家。

置评，至少，嘴上没说。而沃克家人听到莫莉、菲德烈只准备在此做客两天，也毫不讶异。倒不是说詹姆斯来了，让他们待不住。就和许多因个性不和被迫分手的夫妻一样，莫莉与詹姆斯见面还蛮愉快，因为他们知道短聚之后就要分道扬镳。其实，他们还蛮喜欢在此做客，承认这栋房子的确适合家庭聚会。在那张容得下全家人、摆得下许多椅子的大餐桌旁，他们享受漫长而愉快的聚餐。不吃饭的时候，他们也常在此喝咖啡、饮茶、聊天，还有说笑……海蕊与戴维可能在房里，也可能正步下楼梯，听到谈笑声与闲聊声，还有孩子们的玩耍声，这时，他们会牵住对方的手，相视而笑，呼吸快乐的空气。没人知道，多拉丝亦然——尤其不能让她知道——海蕊又怀孕了。路克才三个月大。他们原本没打算这么快又生，至少再等一年，但事情已经发生了。戴维笑着说："我敢发誓，那个卧房有生殖力量。"他们自觉像快乐的罪人，躺在床上，聆听路克在小房间发出小婴儿的声响，决定在客人离开之前，不能泄露这个秘密。

多拉丝得知消息后，再度沉默了，然后说："嗯，看来你们需要我，是吧？"

他们的确需要。海蕊这胎和上胎一样，很正常，但她仍害喜不舒服，虽然她并未改变生六个孩子（甚至八个、十个）的心意，但暗自想如果这胎与下一胎之间有足够的间隔，她会高兴得多。

一直到年底，多拉丝都在这栋房子里快乐地忙碌着，帮忙照顾路克，缝制三楼房间的窗帘。

圣诞节时，海蕊再度大腹便便，怀胎八个月，她嘲笑自己的庞大与笨重。房子里挤满了人。复活节的客人全部再度造访。大家公认海蕊与戴维在举办家庭派对方面确有所长。海蕊的一位表亲带着三个孩子来访，因为她听说海蕊的复活节派对很棒，足足有一个星期呢。戴维的一个同事也带着妻子光临。圣诞节派对连续举行了十天，盛宴一个接一个。路克躺在楼下的婴儿车里，客人都爱逗弄他，大孩子把他当洋娃娃抱。戴维的妹妹德博拉也来短暂造访，她是个迷人的酷女孩，说是莫莉的女儿，更像是杰西卡的孩子。她没结婚，虽然她说她有好几次差点进了礼堂。基本上，她的风格和这屋子里的人（一般英国人）最是大相径庭，但是这些人却都是她的亲戚，彼此间的差异不断成为打趣的话题。德博拉一向过着富裕的生活，讨厌生母那栋寒碜、高傲的房子，不喜欢人多凑热闹，但她也承认海蕊家的派对相当有趣。

这次派对共有十二个大人、十个小孩，受邀的邻居也来了，但是派对里的家庭团聚气氛太强，让他们觉得被排挤在外。海蕊与戴维十分得意：他们原本饱受批评与嘲笑的固执，现在却成功转化为奇迹，这奇迹就在于他们能召集这么多不同的人，大家还能快乐相处。

他们的第二个孩子海伦，和路克一样，也是出生于家中大床之上，床边围绕着同一批人，同样倒了香槟在她的额头祈福，大家依旧喜极而泣。路克被逐出婴儿房，搬到走廊第二间房，海伦取代了他。

虽然海蕊累了——应该是疲倦不堪——复活节派对仍照例进行。多拉丝原本反对："女儿，你累了，累到骨子里了。"然后她看到海蕊的表情，改口说："好吧。但你什么都不准做。"

海蕊的两个妹妹与多拉丝负责所有吃重的工作：采买与烹饪。

房子里再度挤满了人，在人群之中的是两个小家伙——海伦与路克，一头柔软细发、蓝色眼珠、粉红色双颊。在大家的协助下，路克蹒跚学步，海伦则躺在婴儿车里。

那年夏天（1968年）两边家人都到齐，几乎要挤到阁楼上。从这儿到伦敦太方便了，客人们上午和戴维一起出门，晚上一块回来。而只要二十分钟车程，就能进入适合漫步的乡间。

客人们来来去去，说他们只打扰一两天，结果一待就是一星期。戴维他们如何应付开销呢？当然，访客都会奉献一些；但大家都知道戴维的爸爸有钱，所以只是意思意思，根本不够开销。如果不是戴维的老爸帮他付房子贷款，这一切都不可能发生。他们手头始终很紧，不得不节约度日，他们买了一台二手的饭店大冰箱，用来储存夏季水果与蔬菜。多拉丝、莎拉、安杰拉腌渍水果，自制果酱与酸辣酱，也自己烤面包，屋内充满了出炉面包的香味。这就是幸福，老式的幸福。

快乐生活还是有阴影。莎拉和她的先生威廉婚姻不幸福，经常床头吵床尾和，莎拉正怀着第四胎，不可能离婚。

美妙的圣诞节来了又走。接着是复活节……有时他们都怀疑这么多人到底是怎么挤进来的。

莎拉不和睦的婚姻为这个幸福家庭带来的阴影终于消失了，应该说它被更大的噩耗吞噬了。莎拉的新生儿有唐氏综合征，他们更不可能离婚了。多拉丝有时慨叹她不能分身二人，莎拉需要她，比海蕊更需要她。她果然起程去探访莎拉，因为莎拉很痛苦，海蕊则不。

1970年，海伦两岁那年，珍诞生了。多拉丝斥责太快了，急什么呢？

海伦搬进路克的房间，路克往后挪一间。当珍在婴儿房发出满足的声响，她的哥哥姐姐会跑到主卧室的大床上搂抱，玩游戏，或者跑去找多拉丝，爬上她的床玩耍。

幸福，真正幸福的家庭，就是骆维特一家。这是他们选择的生活，也是他们值得拥有的生活。戴维与海蕊经常面对面躺着，快乐得好似心房要炸开来，感恩与快慰之情汹涌而出，强烈到令他们吃惊：他们居然能对漫长考验满怀耐心，这并不容易。贪婪自私的1960年代随时准备谴责、孤立、矮化他们最好的一面，戴维与海蕊坚守信念，奋斗得很辛苦。现在回头看，他们坚持捍卫顽固的个体性是对的，因为他们固守最好的选择——眼前的生活。

在此幸运园地（他们的家）之外，世界正面临风暴狂袭。轻松富裕的年代已经过去。戴维的公司也受到打击，他并未如预期升迁；但他算幸运的，别人还丢了工作呢。莎拉的先生失业了，她常哀伤自嘲全家族的厄运都落在她和威廉身上。

海蕊私下和戴维说，她不认为莎拉是时运不济，而是她和丈夫不睦，经常吵架，才生下了先天愚型病患儿——是的，她知道不应该叫这类小孩愚型病患儿。但那个小女娃看起来就像痴呆儿，不是吗？小扁脸、斜凤眼，活脱脱就是个小痴呆儿。戴维不喜欢海蕊这种个性，一种和她整个人格格不入的宿命观。

他说海蕊的想法是愚蠢的歇斯底里，海蕊噘嘴不乐，戴维必须道歉和好。

他们搬来的五年里，小镇有了变化。残忍的意外与犯罪一度震动人心，现在则变成了家常便饭。不良少年成群结党在某些咖啡馆与街角鬼混，目中无人。戴维的隔壁邻居已被小偷闯进三次，幸好骆维特家总是有人，幸免于小偷的光顾。街尾的公用电话常被破坏，次数多到当局不堪其扰，干脆任其损坏失修。近来，海蕊根本不敢自己在夜里独行，在这之前，她从未想过居然不能何时想出门就出门，爱去哪儿就去哪儿。这些犯罪事件丑陋而令人寒心，仿佛同住在英国的两个人并非一体而是敌人，互相仇恨，不愿聆听。海蕊与戴维强迫自己阅读报纸、看电视新闻，虽然他们并不想看，但总该知道在他们养育三个宝贝小孩，吸引许多人前来寻找安全、抚慰、善意的王国堡垒之外，世界是个什么样。

1973年，他们的第四个孩子保罗在圣诞节与复活节之间出生。海蕊的身体状况不是很好：每次怀孕都不舒服，小毛病不断——虽然不严重，但是她觉得累了。

那年复活节派对是他们办过最好的一次。回想起来，那是最棒的一年，仿佛整年都在庆祝，先是春日复苏，海蕊与戴维是众人的守护神，提供热情的待客之道；接着是圣诞派对，海蕊已经大腹便便，大家照顾她，分担盛宴的准备工作，共同期待新生儿……他们知道复活节派对即将来临，然后是漫长的暑假，然后又是圣诞节……

那年的复活节季长达三周。学校放假，屋里挤满了人。三个小孩被赶到同一个房间睡，把床让给客人。他们当然喜欢挤在一起。多拉丝说:“干吗不让他们睡同一间?”其他人也有同感:“这么小的孩子一人一间房!”

戴维尖锐地回应道:“每个人都该有自己的房间，这很重要。”

他们交换眼神，就和寻常家人一样，在桌底下互相踢腿暗示。身处这群人中，莫莉常觉得自己既被激赏又被迂回批评，所以故作幽默地说:“每个人都该有自己的房间！世界上每个人!”

这一幕发生在早餐的时候，应该说上午都过了一大半了，他们家的早餐总是吃个没完，所有大人（十五个）仍围坐在大桌旁。小孩在起居室沙发与椅子间玩耍。莫莉与菲德烈并肩坐，照例保有那种以牛津想法评断一切的态度，常遭众人嘲笑，但他们似乎不很在意，以风趣的态度捍卫自己。莫莉又写信给戴维的爸爸詹姆斯，要他设法挤出一点钱，因为戴维夫妇显然无法应对这一大群像“汤姆克柏里叔叔”[1]的吃客。詹姆斯寄来一张金额颇为慷慨的支票，接着也前来做客。此刻，他坐在前妻与她第二任丈夫的对面，和以往一样，大家发现这两个截然不同的人又在互相审视对方，暗自讶异当年他们怎么会在一起。詹姆斯穿得像要去运动，没错，他和德博拉都刚滑雪回来。德博拉照例像只异国鸟儿，误降在陌生的地方，基于好奇才留下来——她才不会承认她喜欢这里。多拉丝也在，给大家端咖啡与茶。安杰拉坐在丈夫身旁，她的三个孩子和其他孩子一块儿玩耍。安杰拉做事有效率、精神抖擞（多拉丝口中所谓的“能干者”，言下之意是“谢天谢地”），不在乎让人知道她觉得两个姐姐占据了多拉丝，让她没有帮手。她就像只漂亮聪明的狐狸。加上莎拉、莎拉的先生、表亲、朋友——巨大的房子每个角落都塞满了人，连起居室的沙发都坐满了。阁楼老早变成孩子的宿舍，摆满床垫与睡袋，再多孩子来，都有地方睡。大家坐在舒适温暖的起居室，房内点了炉火，烧的是昨日大家去林子散步时捡拾的柴火，屋里回荡着人声与音乐。几个较大的孩子正

1. 汤姆克柏里叔叔（Uncle Tom Cobbleigh），典故出自 19 世纪末的英国歌谣《维迪康贝集市》（*Widdicombe Fair*）：主角汤姆·皮尔斯给马车上鞍，载着一大群人，包括汤姆克柏里叔叔，去集市；马儿不堪重负死了，但它的鬼魂依然在夜里飘荡。

在练歌。在这屋里，大家很少看电视，这证明它是一个家，一个众人欣羡却无法企及的家。

莎拉的先生威廉没坐在大桌旁，他倚靠着分隔墙，保持小小的距离，此举昭告了他对自己与这家人关系的想法。他曾两度离开莎拉又回到她身边，无疑地，大家认定这种模式会再次重演。他在建筑业找到一份薪资微薄的工作，却因体力不佳而深感挫折，刚出生的女儿罹患唐氏综合征也让他心惊。但是他与莎拉已经密不可分。他们看起来相当般配，同样身材高大，体形壮硕，肤色微黑，衣着永远鲜艳缤纷，好像一对吉卜赛人。那个可怜的婴儿此刻躺在莎拉臂弯里，被遮盖得严严实实，以免惊吓到他人，而威廉四处观望，就是不肯看莎拉。

相反地，他看着海蕊，她正坐在一把专门用来喂奶的舒适大椅子上，给两个月大的保罗喂奶。她看起来累坏了。珍长牙，昨晚一夜不睡，吵着要妈妈，不要外婆。

虽然海蕊给这个世界一口气带来四个孩子，她的模样倒无多大改变。她坐在桌首，蓝色衬衫的领口敞开，布满蓝色血管的雪白乳房半露，保罗的小脑袋在上面饥渴地蠕动。海蕊的嘴如往常般紧抿，观察着周遭一切，她仍是充满生命力、健康、迷人的女人，但是累坏了……玩耍的孩子跑到她面前，吵闹着要她注意，她突然发怒、斥责："你们为什么不上楼到阁楼玩？"这实在不像海蕊，大人们再次交换眼神，不让孩子吵她是他们的责任。最后由安杰拉陪着孩子上楼。

海蕊因自己乱发脾气而沮丧："我昨晚都没睡。"威廉打断了她——海蕊知道他只是表达了大家的想法，虽然她不懂为何是由威廉这个不负责任的丈夫与父亲来发言。

威廉原本靠着墙边，现在挺直身体，抬起手，好像乐团指挥，说道："海蕊妹妹，我非说不可，你才几岁？不用告诉我，我知道，你看看，六年内生了四个孩子……"他环顾众人，确定大家都在注意他，海蕊也看到了。海蕊反讽式地微笑。

"一个罪犯，"她说，"我是个罪犯。"

威廉继续说："海蕊，停一下吧，我们只要求你暂停一下。"语气越来越滑稽，好像在演戏——他的典型风格。

"听听看，这是四个孩子的爸爸在说话。"莎拉一边说，一边慈爱地抚慰可怜的艾米，让众人噤声不敢说出真正的想法——她是故意当着大家的面，声援她那永不知足的丈夫。威廉对莎拉投以感激的眼神，却逃避注视她保护的，那个还在襁褓中的可怜的孩子。

他说："是呀！但我们的四个小孩至少是分散在十年内出生的。"

海蕊宣布："我们的确是要暂停一下。"但她语带反抗："至少停个三年再说吧。"

大家又在交换眼神，海蕊认为他们在谴责。

威廉说："我早说过了，这两个疯子不会停的。"

戴维说："这两个疯子当然不罢手。"

多拉丝说："我早说过，凡是海蕊打定主意的事，你们就省省口舌吧。"

莎拉可怜兮兮地说："和她老妈一样。"这句话是指多拉丝认为莎拉的孩子虽有缺陷，但还是海蕊更需要她。多拉丝说："莎拉，你比海蕊坚强。海蕊的毛病是吃着碗里，看着锅里。"

多拉丝坐在海蕊旁边，手上抱着一夜没睡、正在打瞌睡的珍。她坐得笔直，稳重，嘴角严肃，什么都逃不过她的眼睛。

海蕊对母亲笑说："干吗不生？除了养育孩子，我还有什么更好的本事？"

多拉丝向众人求救："他们还打算再生四个。"

詹姆斯既钦佩又震惊地说："老天爷！嗯，幸好我很会赚钱。"

戴维不喜欢这话，脸儿涨得通红，不肯正眼看人。

"戴维，别这样。"莎拉说，努力不流露出苦涩语气。她才真的需要钱，但有份好工作的是戴维，他样样都比别人好。

莎拉说："你们不是当真要再生四个吧？"她叹了口气，大家都听出她的言外之意——继续挑战命运四次。她温柔抚摸沉睡中的艾米，艾米的头用披肩盖着，世界被安全地阻隔在外。

戴维说："是的，我们要再生四个。"

海蕊说："是的，我们当然要。其实这也是大家想要的，只是我们都被洗脑才放弃了。真的，这才是人们真正的渴望。"

莫莉语带批评地说："快乐的家庭。"她在捍卫某种生活，在那种生活里，家庭种种只能被压抑，成为其他更重要目标的背景。

戴维说："但我们才是这个家庭的中心，我和海蕊，不是你，妈妈。"

莫莉说："幸好不是！"她的大脸一向红润，现在更是涨得通红，她感到困扰。

她的儿子说："噢，总而言之，家庭生活不是你的风格。"

詹姆斯说："也不是我的，我可不为此道歉。"

德博拉扑哧一笑："但你一直是很棒的老爸，超棒。杰西卡也是很棒的妈妈。"

她的生母扬起沉思的眉头。

菲德烈说："我不记得你曾给莫莉做个好母亲的机会。"

德博拉说："但英国实在好冷好冷。"

詹姆斯穿了一身鲜亮（过于鲜亮）的衣服，像个保养有术的英俊绅士准备到南方过暑假，他看着前妻与她的第二任丈夫，以一种长者纵容笨拙年轻人的讽刺口吻为德博拉打圆场。他说："反正，家庭生活不是我的风格。海蕊，你错了。事实正好相反。人们是被洗脑认为家庭生活才是最好的。不过，这想法也过时了。"

海蕊固执地诘问："如果你不喜欢家庭生活，你为何来这儿？"在这个美好的早晨，她的质问显得过于好战。因此她脸红了，解释道："我不是这个意思！"

多拉丝说："你当然不是这个意思，你太累了。"

戴维的一个表妹说："我们来，是因为这儿气氛很棒。"这个女孩叫布姬达，还在念书，有个不快乐（至少很复杂）的家庭背景，被送来这里度假；她的父母很高兴她有机会体验真正的家庭滋味。

戴维与海蕊互相交换着鼓舞打趣的眼神，他们经常如此，根本没听到布姬达的话，后者正感伤地望着他们。

威廉说："拜托，你们两个。告诉布姬达你们欢迎她来住。"

海蕊问："什么？发生了什么事？"

威廉说："布姬达必须知道她是受欢迎的。嗯，我们也需要。你们必须不时地告诉我们。"他照例摆出滑稽姿态，忍不住看了妻子一眼。

戴维说："我们当然欢迎你，布姬达。"他瞄了海蕊一眼，她连忙说："当然。"言下之意毋庸赘言，种种有关婚姻生活的沉重讨论都无碍于他们真诚地欢迎客人。布姬达看看戴维与海蕊，又看看在场所有人，然后说："等我结婚，我就要这样。我要和戴维与海蕊一样，有一个大房子、许多孩子……欢迎你们统统到我家做客。"她才十五岁，是个姿色平凡、微微黑胖的女孩，但她很快就会蜕变成美丽的花朵。大家都这么告诉她。

多拉丝冷静地说："这是自然，你没有过真正的家，所以你看重家的价值。"

莫莉说："这句话的逻辑有问题。"

布姬达环顾众人，摸不着头脑。

戴维说："我妈的意思是，唯有尝试过某些经验，才会珍惜它们。但我就是个反证。"

莫莉说："你是说你没有真正的家吗？胡说八道。"

詹姆斯说："你有两个家。"

戴维说："我有的只是自己的房间。我的房间就是我的家。"

菲德烈说："嗯，那我们必须感激你的让步了。我从不知道你觉得被剥夺了。"

"我从未觉得被剥夺——我有我的房间。"

他们决定耸肩一笑，算了。

莫莉说："你们还没考虑孩子的教育问题呢。至少，我们还看不出来。"

这房子的气氛一度成功地抹灭两家人之间的地位差异，但现在浮现了。不用说，戴维小时候读的是私立学校。

海蕊说："路克今年开始去上本地小学，海伦明年上学。"

莫莉说："嗯，如果你们觉得这样够好，我没话说。"

多拉丝不肯放过这个话题，说："我三个孩子都上一般的学校。"莫莉不愿响应挑战。她说："好吧，除非詹姆斯肯帮忙……"言下之意很明白，她和菲德烈无法也不愿资助。

詹姆斯没说话，甚至没露出惯常的反讽表情。

海蕊说："还要再过五六年，我们才需要烦恼路克与海伦下个阶段的教育。"她的语气再度显露急躁与怒气。

莫莉坚持道："我们在戴维出生时就为他登记学校。德博拉也一样。"

德博拉说："呃，为什么我读上流学校，就一定比海蕊或其他人好？”

詹姆斯说：“这倒是个论点。”他是那个付钱给孩子读上流学校的人。

莫莉说：“这观点未必站得住脚。”

威廉叹口气，语气滑稽地说：“我们这群被剥夺的人。可怜的威廉，可怜的莎拉，可怜的布姬达，可怜的海蕊。莫莉，请问，如果我读的是上流学校，是否就会有份像样的工作？”

莫莉说：“这不是重点。”

莎拉说：“她的意思是说如果你受过较好的教育，失业或事业不如意时会比较快乐。”

莫莉说：“对不起。公立学校实在可怕，而且越来越糟。海蕊与戴维有四个孩子要受教育，显然，还会有更多。你们怎么知道詹姆斯能够一直帮你们？天有不测风云。”

威廉说：“真的，天有不测风云。”他轻笑一声，缓和语气中的酸苦。

海蕊在椅子上沮丧扭动，众目睽睽下将保罗的脑袋移开了她的乳房，并以令人钦佩的高超技巧迅速遮掩自己。她说：“我不想谈了，这个早晨那么美……”

詹姆斯说：“能力范围之内，我当然会帮你们。”

海蕊说："噢，詹姆斯……谢谢……谢谢……老天爷……大伙儿干吗不去林子里走走？……我们中午可以在那儿野餐。"

上午就这么溜走了。现在已是中午。阳光洒在喜气的红色窗帘边缘，让它变成亮眼的橘红，并把橘红色菱形图案映照在桌上的杯盘与水果盆上。孩子们已经从阁楼下来，正在花园里玩耍。大人们站在窗边看。花园还是乏人照料；他们没那个时间。草坪上长满杂乱的草，到处是玩具。鸟儿无视玩耍的孩童，兀自在矮树上鸣唱。多拉丝将珍放到地上，她蹒跚举步加入其他孩子。那些孩子大声笑闹，但珍的年纪太小，时而挤入他们的圈圈，时而跑出来，沉浸于两岁小孩的私密世界。大孩子熟练地调整游戏配合她。一个星期前，复活节那个星期天，花园里到处藏了彩绘蛋。那天好棒，不同家庭的孩子带来蛋；海蕊、多拉丝、布姬达画蛋画到半夜呢。

海蕊与戴维并肩站在窗前，抱着保罗。戴维轻搂海蕊。他们快速交换了一下眼神，因忍不住快乐微笑而心生愧疚，这笑容势必会触怒其他人。

威廉说："你们这两个无可救药的。"他对众人说："他们真是没救了。不过，有什么好抱怨的？我可不抱怨！走吧，大家都去野餐吧？"

一屋子人整整挤满了五辆车，孩子塞在大人中间或坐在大人腿上。

那年夏天和往常一样：整整两个月假期，他们的亲友来了去，去了又来。布姬达整个暑假都住在他们家，可怜的女孩，死命抓住这个家庭的奇迹不放。海蕊与戴维何尝不是？他们好几次看到布姬达以虔诚甚至凛然敬畏的神色密切观察周遭的一切，深恐一失神，就错过真善美的神圣启示。海蕊与戴维在她的脸上看到了自己。虽然他们不常在旁人身上看到自己，但布姬达的虔诚实在太过了。他们应该和她说："布姬达，期望别那么高。生命并非如此！"但如果你选择正确，生命的确可以如此，凭什么布姬达不该拥有如他们一般丰富的生活？

众亲友尚未回来共度1973年的圣诞节前，海蕊发现自己又怀孕了。她大为沮丧，戴维亦是。怎么会发生这种事？他们一直很小心，尤其他们已经决心不要这么快又生小孩。戴维试图开玩笑以对："是这个房间搞的鬼。我发誓，它是婴儿制造机。"

他们打算拖一阵子再告诉多拉丝。因为莎拉说多拉丝不公平，都在他们这儿帮忙，所以她这会儿不住在这儿。海蕊根本无法应付家务。他们找过三个女孩来帮忙；她们都刚毕业，不容易找到工作。这些女孩不行，海蕊觉得反而是她在照顾她们。她们高兴来就来，高兴走就走，海蕊忙得要死，她们还找朋友来，在厨房喝茶聊天。海蕊累坏了，脾气暴躁……她变得乖戾，控制不住脾气，经常哭泣……戴维看见她坐在厨房餐桌边，头埋进双臂里，喃喃自语，说新胎儿在谋杀她。保罗则在婴儿车里抽噎，没人理。戴维向公司请了两个星期的假，回家帮忙。他们以前就知道这个家多亏多拉丝帮忙，现在才知道亏欠她良多——如果她听到海蕊又怀孕，铁定要气炸了。一点也不能怪她。

海蕊啜泣着说："圣诞假期开始，我就会好过点。"

戴维生气地说："你不是认真的吧？他们当然不能来过圣诞节。"

"可是如果他们来，我会好过些，有人手可以帮帮我。"

戴维说："也该换我们去他们家度假一次。"不到五分钟，他们便知道行不通，这些亲友家都太小，塞不下他们一家六口。

海蕊躺在床上哭泣："他们一定要来，别拦着他们——噢，戴维，拜托……至少，他们可以让我分心。"

他坐在床边看着海蕊，努力压制不安与批评的情绪。其实，他很希望不要连续三星期或一整个月，家里都挤满人，开销实在太大，他们手头一直颇紧。他已经兼了一个差，现在还得在家做老妈子。

“你必须找个帮手，海蕊。你要试着和她们相处，至少留住一个帮忙。”

对于这个批评，她羞辱地大哭：“这种讲法不公平。你又不需要成日在家和她们相处，她们根本不好。搞不好她们一辈子都没做过一小时家事。”

“她们还是能帮帮忙，就算洗洗刷刷都好。”

多拉丝打来电话说，莎拉和海蕊必须自求多福，她——多拉丝，需要休息。她要回自己的公寓，享受几个星期。海蕊哭个不停，没法说话。多拉丝不知道她哪里不对劲，只好说：“好吧，我只好来一趟。”

她与戴维、海蕊、四个外孙坐在大餐桌旁，她严肃地望着海蕊。她才来半小时，便知道海蕊又怀孕了。从她紧绷愤怒的脸庞，戴维与海蕊知道她要说些可怕的话了。“我简直像你们的用人，在这个家里包办所有用人干的活。”或者：“你们实在自私，两个都是。不负责任。”这些话语虽未出口，却清楚地浮现在空气里，他们知道多拉丝如果按捺不住开口，铁定收不住。

她坐在桌首——靠近炉灶——一边搅动茶，一边看着保罗，他正在婴儿椅上烦躁地扭动，希望有人抱他。多拉丝看起来也累了，一头灰发蓬乱不齐。她曾打算上楼梳洗，却被海伦、路克和珍的热情拥抱淹没了，他们想念她，知道她一来，笼罩这个家的愤怒、不耐烦的气氛马上会结束。

她厉声说："你们知道大家都打算来这儿过节。"她没正眼看他们。

路克与海伦吵闹着说："知道，知道，好耶！"他们又唱又跳，在厨房奔来跑去。"好耶！他们什么时候来？汤尼会来吗？罗宾会来吗？安妮要不要来？"

戴维冷酷地厉声说："坐下！"孩子们吃惊地望着他，一脸受伤地坐下。

多拉丝说："简直疯狂。"她因喝了热茶又强迫自己不说难听话，脸涨得通红。

海蕊啜泣说："当然，大家得来。"然后她奔出起居室。

戴维抱歉地说："过节对她很重要。"

"对你就不重要了？"这话可真讽刺。

戴维说："问题是海蕊现在变了。"他直直地看着多拉丝，希望她回过头来，但她没有。

六岁的路克说："你说妈妈变了是什么意思？"路克以为这是

文字游戏或谜语，但他觉得不安。戴维伸出双臂，路克靠过去，仰脸望着他。

戴维说："没事的。路克。"

多拉丝说："你们得找人来帮忙。"

"我们找过。"戴维解释他们找过三个好脾气但较为冷漠的女孩。

"我不讶异，这年头谁还肯规矩干活?"多拉丝说，"但你还是得找人。我可不想替你们或莎拉做一辈子老妈子。"

路克与海伦吃惊地看着外婆，然后哭了。过一会儿，多拉丝控制住脾气，开始安抚外孙。

"没事，没事的。"她说，"现在我先送保罗和珍上床睡觉，路克、海伦，你们也一样，去睡觉。待一会儿，我会上楼和你们道晚安。然后外婆也要上床，我累了。"

经过安抚后，几个小孩乖乖上楼。

那晚，海蕊没再下楼，她母亲和丈夫知道她身体不舒服。他们已经很习惯她怀孕时不舒服，但不习惯她脾气变坏、爱哭与焦躁。

孩子们上床后，戴维处理一些带回家的工作，替自己做了一块三明治，然后陪伴下楼喝茶的多拉丝。这一次，他们不再互相生气，而是沉默相伴，好像两个老练者共同面对考验与困境。

然后戴维上楼回到巨大阴暗的卧房，三十码外大老远一户人家的顶楼灯光在他们的卧房天花板上投射出明暗光影。他站着探头看大床上的海蕊。睡着了？保罗睡在她身旁，身上没盖被。戴维小心翼翼地弯下腰，用婴儿毯包起保罗，将他抱到对面的婴儿房。他看到海蕊目光灼灼地盯紧他的举动。

他爬上床，和往常一样，把手臂伸到海蕊头下让她枕着，将她揽近身来。

但她说："你摸摸看。"她拉着他的手抚摸她的腹部。

她差不多怀孕三个月。

这个阶段的胎儿还没有独立生命的迹象，但是戴维感觉到手掌下的肚皮震动了一下，非常剧烈。

"你会不会少算了怀孕天数？"他再度感觉到猛烈胎动，不敢置信。

海蕊又哭了。明知不公平，戴维还是觉得海蕊此举破坏了他们之间的某种誓约规定，眼泪与悲苦一向不在他们的生活规划里！

她觉得被戴维排斥了。以前，他们总喜欢躺在床上感受新生命，欢迎新生命。她曾衷心期待过四个孩子的第一次小小胎动，一开始常误以为是别的东西，慢慢才确定是胎动；那种悸动就好像鱼儿嘴里吐出一个泡；那是胎儿在响应她的抚摸、行动，甚至她的思想（她坚信如此）。

今天清晨，孩子们尚未起床时，她躺在一室昏暗中，突然感觉腹中胎儿在敲打她的肚皮，要求她注意。她不敢置信，起身半坐，低头审视仍然非常平坦柔软的腹部，感觉腹内的蛮横敲击好似一面小鼓。后来一整天，她故意让自己动个不停，才不致感觉这个新生命的蛮横索求。他一点都不似她知道的任何东西。

戴维说："你最好去看看布莱特医师，看看日期有没有算错。"

海蕊不吭声，不知为什么，她觉得这根本不是重点。

但她还是去找了布莱特医师。

他说："嗯，或许我们少算了一个月——如果是这样，你实在太粗心了，海蕊。"

大家都如此斥责她，她冲口说："每个人都免不了犯错。"

布莱特医师摸到她腹部激烈的胎动，忍不住皱眉说："嗯，没什么大毛病，是吧？"但他的表情有点不确定。布莱特医师已不再年轻，表情显得烦恼，海蕊听说他的婚姻不幸福。以前她总觉得自己优越于他；现在却觉得任他摆布，躺在那儿仰望他缄默的专业表情，希望他说点别的。说些什么呢？一个解释。

布莱特医师别过脸说："你必须放轻松点。"

背着布莱特医师，海蕊喃喃道："你自己才该放轻松点！"随即她谴责自己——臭脾气的女人。

前来度圣诞的亲友知道了她怀孕的消息——这是失误——可是，现在他们还蛮高兴的，真的……多拉丝对戴维、海蕊说："你们自己辩护吧。"访客都得帮忙做家事，比以往出力更多。海蕊没法做菜、操持家务，啥事都没法做。必须有人服侍她。

新来的访客听到此消息，都先是面露吃惊之色，然后开起玩笑来。有时众人谈笑，一看到戴维与海蕊进房来，便马上噤声。他们是在谴责批评。多拉丝被认为是维系这个家庭正常运作的唯一功臣。大家也提到了戴维的微薄薪水与庞大压力。他们甚至还拿詹姆斯听到消息后的可能反应开玩笑。然后他们当面揶揄这对夫妇。戴维与海蕊的生殖能力备受赞美，还有主卧房的影响。戴维与海蕊以轻松的态度面对这些玩笑，但还是觉得刺人。人们看待这对夫妇的眼光不同了。戴维与海蕊那种安静坚持、有耐性的素质吸引他们相互厮守，催生一个家，将不可能现身的人从英国甚至世界各角落召唤来齐聚一堂，譬如詹姆斯从百慕大赶来，德博拉从美国回来，连杰西卡也答应来短暂露脸一下。过去，他们的这种素质（不管是什么）与对生命的欲求受到众人尊敬（无论大家是语带忌妒或慷慨推崇），现在，它的负面效应浮现：譬如海蕊脸色苍白地躺在床上，无法应酬，虽决心下楼参加派对，却无力支撑，随即上楼休息；又譬如，多拉丝虽仍有耐性，却面露难色，因为她从早忙到晚，有时夜里还不得歇；还有，孩子们变得爱吵架，渴求大人的注意力，尤其是小保罗。

布莱特医师介绍一个村里的女孩来帮忙。她和前面三个女孩一样，好脾气，懒惰，除非明白指示她，否则她永远不觉得有事该做。她被四个小孩家庭的工作量吓到了，但还颇喜欢这家人闲坐聊天的社交气氛，没多久便和大家打成一片，一起吃饭、聊天，好像被人服侍没什么不妥。大家心知肚明，这个快乐家庭聚会结束后，她也会马上找借口离开。

家庭聚会也果真结束了，比往年提前许多。杰西卡（穿着鲜亮夏服，丝毫不肯对英国冬天让步，只加了件羊毛背心）突然记起她答应别人的邀约，提早离去，德博拉和她一起走。詹姆斯也接着告辞。菲德烈还有书要写。对他们颇为神迷的布姬达看到海蕊躺在床上捧着肚子、眼泪滚下脸庞，因无法形容的痛苦而呻吟出声时，吓得也哭了，说她早知道这一切太美好，不可能持久，然后随母亲回家。她的母亲刚再婚，根本不想要她。

来帮忙的女孩也回家了，戴维只得到伦敦寻找专业保姆。他负担不起，但詹姆斯说他愿意出钱，直到海蕊身体好些为止。他的口气颇暴躁，一点不像他平日，明白表示海蕊既然选择了这种生活，就不要期待别人来付账。

但是他们找不到专业保姆，她们都希望待在伦敦，或者跟随只有一两个小孩的家庭出国。乡下家庭，四个孩子，女主人肚子里还有一个，听了就让她们退避三舍。

最后是菲德烈的表亲爱丽丝——一个落魄寡妇，前来给多拉丝帮忙。爱丽丝手脚利落，个性紧张，小题大做，好像一只灰色小猎狗。她的三个孩子都大了，还抱了孙子，但她不想麻烦孩子，此话让多拉丝口出尖酸批评，听在海蕊耳中，倒像在指控他们。多拉丝不喜欢屋里有个同年龄的女人分享权威，但是没办法。海蕊几乎什么事都无法做。

海蕊又回去看布莱特医师，因为胎儿实在精力旺盛，好像要扯破她的肚皮而出，她不能睡觉也不得休息。

“你看看，”她的肚皮一下子隆起、震动又平息，她说，“才五个月大呢。”

布莱特医师做了例行检查，然后说："以五个月来说，胎儿是大了点，但也没有大到不正常的地步。"

"你碰过这样的情形吗？"海蕊语气尖锐又蛮横，布莱特医师困扰地看了她一眼。

他简短地说："我当然看过精力旺盛的胎儿。"但是海蕊追问："才五个月大，就这样？"布莱特医师闪避，不作回答，海蕊觉得他不诚实。他说："我开点镇定剂给你。"他的意思这药是给海蕊吃的。海蕊却觉得是用来镇定腹内胎儿的。

后来，她不敢再向布莱特医师开口，偷偷向朋友、姐妹索讨镇定剂。她没告诉戴维她吃了多少镇定剂，生平第一次，她对他有所隐瞒。吞了镇定剂开始打盹后，胎儿会安静一小时左右，让她短暂豁免无尽的敲击与苦斗。胎动得实在厉害，让她忍不住痛苦呐喊。夜里，戴维听到她呻吟、啜泣，他不再抚慰她，因为搂抱她也无法疏解她的痛苦。

"我的天！"她咆哮、呻吟，然后突然坐起身，爬下床，捧着肚子快速奔出房门，逃避痛苦。

戴维不再像往日一样，和善地抚摸她的肚皮，这超出他能应付的范围。难以想象这么小的东西就能展现这么可怖的力量；可是，确实如此。一切安慰话语都无法打动海蕊，他觉得她好像被附身了，远离他，陷入一场与胎儿的苦战，一场他无法参与的战争。

有时夜里醒来，他听到海蕊在黑暗的房间里踱步，一小时又一小时。当她好不容易躺下来，喘息稍止，却又立即坐起身来，发出叫声。发现戴维醒了，她便奔下楼到大起居室，整夜在那儿大步疾走、呻吟、咒骂、哭泣，没有人会看到。

复活节快到时，多拉丝与爱丽丝提到准备迎客，海蕊说：“他们不能来。根本不行。”

多拉丝说：“但是他们很期待。”

爱丽丝说：“我们应付得来。”

海蕊说：“不行。”

孩子们哭闹抗议，海蕊并未软化。这让多拉丝更加失望。在这个家里，她和爱丽丝——两个能干的女人，包办一切工作，海蕊至少应该……

戴维说：“你确定不要他们来？”孩子们央求他说服海蕊。

海蕊说：“噢，随便你吧。”

但海蕊原先的设想是对的，复活节家庭聚会并不成功。她坐在桌首，脸庞失神紧张，身躯紧绷，随时准备迎接下一记震动与戳刺，这让所有人都失去谈兴，破坏了乐趣与美好时光。

威廉说:“你到底怀了什么?”看到海蕊的肚皮起伏不停，他的语气虽戏谑却不安:“摔跤选手吗?”

“天知道是什么。”海蕊语气苦涩，毫无玩笑之意。她问:“我要怎样撑到七月?”她的语气胆战震骇:“我真的办不到！实在不行!”

大家（包括戴维）认为她是累坏了，因为这胎与上一胎隔得太近。大家必须振奋她的情绪。她只能独自承受煎熬——她很清楚只能如此。她并不埋怨家人无法感同身受，因为她也才慢慢被迫接受现实而已。她变得沉默、愁苦，怀疑所有人，狐疑大家对她的观感。唯一的疏解之道就是不断地动。

如果一帖镇定剂能让她的敌人——这是她现在对腹中那个野蛮东西的观感——安静一个小时，她就尽量利用时间努力捕捉睡眠，保有它，吸收它，接着又是一跃而起，因为胎儿醒了，开始拳打脚踢，让她痛苦不适。这时，她会打扫厨房、起居室、楼梯，清洗窗子、橱柜，以激烈运动抵御身体疼痛。她坚持要求多拉丝与爱丽丝让她工作，当她们说厨房不必再刷洗了，她回说:“厨房是不必刷洗；但我有必要刷洗。”吃早饭时，她已经工作了三四个小时，看起来憔悴狼狈。她载戴维到车站，又送两个孩子上学，然后将车停好，下车走路。她会一连数小时奔走在陌生街头，直到发现自己引人议论为止。然后她开车出城，到附近的乡间道路上快步疾走，几乎像奔跑。开车的人吃惊地回头望她——一个急奔的女人，脸色苍白，头发飞扬，嘴儿张开，大口喘气，两手紧紧抱住肚子。如果他们停车想要帮她忙，她会猛摇头，快步跑开。

时间流逝。虽然她现在被禁锢在一个与身边人大不相同的时间表里（也和一般孕妇不同，她们的时光缓慢行走，蕴藏一个生命的成长日志，而她的时光却隐含着痛苦与无尽的忍耐），但时间毕竟还是过去了。鬼魅与妖怪占据了她的脑袋。她常想当科学家做实验，将两种物种不同、体积也不相等的动物混接在一起，其结果，就是现在她这种可怜母亲的感觉。她幻想自己体内藏着恐怖的混合怪物，真实得令她直打寒战。大丹狗（或德国狼犬）与小猎犬混合的产物；狮子和狗；拖车马与小驴子；老虎与山羊。有时，她深信是动物的蹄子或爪在割刺她体内的细软组织。

下午，她到学校接小孩；稍晚，去车站接回戴维。吃晚饭时，她不断在厨房里走动；饭后，她叫孩子们看电视，她则爬上三楼，在走廊来回疾走。

全家人都听到她笨重而快速的步伐从楼上传来，不敢相视。

时间流逝。真的过去了。怀孕七个月时，海蕊的状况稍好，那是因为她服用了大量的镇定剂。她惊骇地发现自己与丈夫、母亲、爱丽丝，还有孩子们之间的距离越来越远；她开始每天只计划一件事，那就是下午四点海伦与路克放学后到八九点上床前，这段时间，她要尽力表现正常。镇定剂对她似乎没有发挥作用，她以意志指挥它不来影响她，只对胎儿——这个让她陷入生存苦斗的东西——发挥作用。在那几个小时里，它很安静，如果它出现苏醒迹象，开始殴打她，海蕊便再吞一颗镇定剂。

全家人都十分高兴她恢复正常；因为她的刻意安排，他们忽略了她的紧张与疲累。

戴维会搂着她说："哦，海蕊，你很好吧？"

只剩两个月，忍耐。

"是的，我很好，真的。"她沉默地警告蜷曲在她子宫里的东西："闭嘴，不然，我就再吞一颗药。"它好像听见也听懂了。

厨房一景：家庭晚餐。海蕊与戴维各据桌首与桌尾。路克与海伦并排坐。爱丽丝抱着小保罗，他老要人抱，因为妈妈很少抱他。珍坐在多拉丝身旁，后者靠近炉子，手上拿着勺子。海蕊看着母亲——五十好几的壮硕强健女人，一头铁灰色鬈发，脸色红润，大大的蓝眼睛像两颗棒棒糖（这是她们家人的玩笑话）——心想，她和母亲一样强壮，她也能撑得住。她又微笑地看着瘦削、强健、坚毅、活力十足的爱丽丝，心想，看看这些老女人，她们不也什么都熬过来了。

多拉丝为他们的盘子添满汤后，才轻松地坐在自己的盘子前。大家开始递面包，整整一大篮。

幸福重返，和他们同在一桌，但是大家看不见海蕊的手在桌子底下压住腹中的敌人——安静点！

路克说："讲故事，爸爸，讲故事。"

上课的日子里，孩子们都是早早吃晚饭，然后上床。但是星期五与星期六晚上，他们和大人一块儿吃饭，吵着要听故事。

坐在这间热情好客的厨房里，周围充满了温暖的气氛和热气蒸腾的菜汤香味。外面是狂风咆哮的夜晚。现在是五月，窗帘尚未拉起。一根树枝在窗外横展，那是春日嫩枝，上面布满清新的花苞，在薄暮里显得苍白；但打在窗台上的风是由冰山或雪地往南吹袭而来的。海蕊搅动盘里的汤，撕了一大堆面包丢到汤里。她的胃口大极了，简直无法餍足——她自己都觉得难堪，必须趁没人注意时突袭冰箱。有时她夜里的踱步会突然中断，跑去塞肚子，有什么吃什么。她甚至和酒鬼一样有个秘密储藏柜，只是里面摆的不是酒，而是食物：巧克力、面包、馅饼。

戴维开始讲故事："从前有两个小孩，一男一女，出发去森林探险。他们走了许久，进入了林子深处。外面很热，但是树下阴凉。他们看到一头鹿躺在树下休息，鸟儿飞过，对着他们唱歌。"

戴维停下来喝口汤。海伦与路克盯着戴维的脸，一动也不动。珍也在聆听，但和哥哥姐姐不同。她才四岁，想知道故事主角是什么模样，然后模仿他们。她也盯着老爸看。

路克皱眉质疑："鸟儿是对我们唱歌吗？"他有一张结实、严肃的脸；如往常一样，他要求真相："当我们在花园里玩耍，鸟儿鸣叫，是在对我们唱歌吗？"

海伦说："别笨了，当然不是。故事里的森林是魔法森林。"

多拉丝坚定地说："当然是在对你们唱歌。"

孩子们饥饿稍止，便手拿汤匙，眼睛盯着父亲。这一幕揪住海蕊的心：孩子对父母毫无保留的信任，他们的无助。电视机开着，一个职业化的冷淡声音叙述着几桩发生于伦敦郊区的谋杀案。她蹒跚着走过去关掉电视，拖着沉重的步伐回到座位，再添一点汤，丢了一堆面包进去……她聆听戴维的声音，今晚说故事人的声音，回荡在这个厨房里——她的厨房，也是多拉丝的厨房。

“当这两个孩子饿了，他们找到一个矮树丛，上面覆满了巧克力甜点。他们又找到一个池塘，里面是橙汁。当他们想睡了，就躺在离友善的鹿不远处的树丛下。醒来后，他们和鹿说谢谢，继续往前走。突然间，小女孩发现自己落了单。她和哥哥失散了。她想回家，却不知道该走哪条路回去。她试图寻找另一头友善的鹿、麻雀或者任何鸟，告诉她现在身在何处、该走哪条路离开森林。她迷路许久，口渴了。她弯腰看看前面的池塘，不知里面是不是橙汁，结果是水，干净纯洁的森林水，喝起来有树木与石头的味道。她用手捧水喝。”这时海伦与路克也伸手拿起杯子喝水。珍则两手十指交叉，做出水杯状。

“她坐在池塘边。不久，天黑了。她弯腰看池塘，希望找到一条友善的鱼告诉她如何离开森林，但是她却看到了令她吃惊的东西。那是一个小女孩的脸，直直地望着她。那张脸，她从未见过。这个陌生女孩在笑，却是邪恶的笑，一点都不友善。小女孩担心池塘里的女孩会跳出来抓住她，把她拖到水里……”

多拉丝大吃一惊地抽口冷气，她觉得这个床边故事不得体，太骇人了。

但是孩子们专注地聆听，吓呆了。小保罗在爱丽丝的腿上磨蹭吵闹，招来海伦的训斥："安静点，闭嘴。"

"菲莉丝——这是那小女孩的名字——她从未见过那么可怕的眼神。"

珍问："菲莉丝和我上同一个托儿所吗？"

路克说："不是。"

海伦也说："不是。"

戴维暂停说故事，显然在寻找灵感。他皱起眉，神色失落，好像头痛一样。至于海蕊，她简直想尖叫出声："别说了——别说了。你讲的就是我——那正是你对我的感觉！"她不敢相信戴维居然未察觉。

"后来呢？"路克问，"后来怎么样？"

"等一等，"戴维说，"我汤还没喝呢。"他开始喝汤。

"我知道后来发生了什么事，"多拉丝肯定地说，"菲莉丝决定马上离开那口邪恶的池塘，沿着一条小径拼命跑，碰到她哥哥。他正在找她。他们手牵手跑出森林，平安跑回家。"

戴维说："正是如此，一点没错。"他苦笑一下，表情有点呆滞。

路克焦急地追问："爸爸，结局真的是这样吗？"

戴维说："没错。"

海伦追问："池塘里的女孩是谁？她是谁？"她转头看爸爸又看妈妈。

戴维随口说："哦，她只是个魔法女孩。我不知道她是谁。她就突然显形了。"

路克说："什么是'显形'？"他有点不太会念这个词儿。

多拉丝说："该睡觉了。"

路克坚持问道："什么是'显形'？"

珍大叫："可是，我们还没吃布丁。"

多拉丝说："今天没有布丁，只有水果。"

路克焦躁地追问："爸爸，什么是'显形'？"

"那是原本不在那儿的东西，突然跑出来了。"

海伦有点困惑，问："为什么，怎么会这样？"

多拉丝说："上楼睡觉，孩子们。"

海伦拿起一个苹果，路克也一样，珍从妈妈的盘子里拿走一块面包，故意露出淘气的笑容。这个故事一点都没让她苦恼。

三个孩子吵吵闹闹上楼，小保罗望着他们，觉得被排挤了，嘴儿一噘，快哭了。

爱丽丝随即抱着他起身，跟在三个孩子后面上楼，一边说：

“我小时候，可没人讲故事给我听。”听不出来她这是抱怨，还是“没有反而更好”的意思。

突然间，路克现身楼梯转角处，说：“暑假，大家是不是要来我们家？”

戴维忧虑地看着海蕊——然后转过头去，多拉丝则紧紧盯着女儿。

“是的，”海蕊虚弱地说，“当然。”

路克朝上面喊：“妈妈说‘当然’！”

多拉丝说：“暑假时，你才刚生完孩子。”

“全看你和爱丽丝的决定，”海蕊说，“如果你们觉得应付不来，就要实话实说。”

多拉丝讽刺地说：“照我看，我能应付。”

戴维连忙说：“当然。我知道。您很厉害。”

“而且，你不知道届时会怎样……”

戴维说：“是呀！”他转头对海蕊说：“最好是往后延一延，圣诞节再把他们全邀来。”

海蕊说：“孩子们会失望。”

这听起来不像她惯有的坚持，语气平淡，事不关己。她的丈夫与母亲好奇地打量她——海蕊感觉他们在审视她，疏离，不善。她阴郁地说："好吧。或许这孩子会提早生。他非得提早报到不可。"她痛苦地笑了一下，突然起身，说："我非得动一动，不动不行！"她开始顽强、痛苦、没完没了地来回踱步、上下楼梯。

怀孕八个月时，她去看布莱特医师，要求催生。

他面露责备神色，看着她，说："我以为你不相信这个。"

"我是不信，但这胎不一样。"

"我看不出来。"

"那是因为你不想知道，又不是你怀了这个……"她把"怪物"两字吞回去，担心激怒布莱特医师。"你瞧，"她试图语气平静，却止不住声音里的愤怒与控诉，"你能说我是个失去理智的女人吗？歇斯底里？难搞？可怜的歇斯底里女人？"

"我只能说你是累坏了。累到骨子里。你每次怀孕都吃苦，不是吗？你难道忘了？你四次怀孕都到我这儿检查，每次都毛病一大堆——全靠你自己忍耐过去，这都归功于你。"

"但这次不一样。绝对不一样。我不明白你为何看不出来。你看不出来吗？"她坐在那儿，把肚子一挺，此刻它正上下颤动，她能感觉到里面的骚动。

布莱特医师狐疑地看着她的肚皮，叹了一口气，开了更多镇定剂给她。

不，他看不出来。不，应该说，他不愿正视——这才是重点。不止他，所有人都不愿正视这一胎有多不一样。

当她在乡间路上踱步、快走时，她幻想自己拿了把大菜刀，剖开肚子，抓出这个孩子——经过漫长的盲目挣扎后，当他们真的四眼相望时，她看到的会是什么？

不久（比预产期约提早一个月），阵痛开始。一旦她开始阵痛，生产就很快。多拉丝打电话给人在伦敦的戴维，并立即将海蕊送到医院。这是海蕊首次坚持到医院生产，让大家都吃了一惊。

当她被送抵医院时，开始强烈阵痛，她知道比以往任何一次生产都痛。胎儿好像要从肚子里打出一条血路来。她知道她里面一定青紫瘀血了——她知道；她的体内铁定有一大块瘀青，但是没有其他人知道。

当大赦的最后一刻来临，她忍不住大喊："感谢上帝，感谢上帝。终于结束了！"她听到一位护士说："这可是强悍的小家伙，你看看。"然后另一个女人的声音说："骆维特太太，你清醒吗？醒过来，你先生来了，亲爱的，你生了个健康小子。"

布莱特医师说："真是个小摔跤手。生下来挑战全世界的。"

她吃力地抬起身来，因为下半身酸得动不了。他们把孩子放到她臂弯里。十一磅重。其他孩子都不到七磅重。他浑身结实，棕黄，身躯很长。他用脚踢挤海蕊的腹侧，好像想站起来。

戴维说：“真是个有趣的小家伙。”话声有点沮丧。

他不是漂亮宝宝。应该说，根本不像个小宝宝。他的肩膀厚实，背隆起，躺直在那儿都好像蜷曲着身体；额头很宽，从眼睛往后倾斜到头顶；头发模样奇怪，头上有两旋，从那儿形成一个V字形（或三角形）往下一直长到额头，额前的头发往外蹿，一团粗硬的黄发，两旁和后面的头发则贴着往下长。他的手又厚又重，手掌心有一团肌肉。他睁开眼，直直地望着母亲的脸。那是专注的黄绿色眼球，好像两块肥皂石。海蕊一直等待与这个她深信企图伤害她的“东西”面对面，但他的眼神陌生。她的心揪了起来，可怜的小怪物，他的母亲这么讨厌他……她听见自己故作轻松却显得紧张的声音说：“他好像小侏儒或小妖怪什么的。”然后她抱抱他，企图修好。但是他的身体又硬又重。

“别这样说，海蕊。”布莱特医师对她恼怒了。海蕊心想，布莱特医师曾帮她接生过四个孩子，每次的经验都那么美好，现在却对她板起老师面孔。

她拉开衣服，让孩子吸奶。护士、医师、她的母亲与丈夫站在一旁注视，脸上挂着此种场合应有的笑容。但是丝毫没有欢庆、大功告成的气氛，也没有香槟，相反地，每个人都心怀忧惧与紧张。强烈的吸吮反射，硬邦邦的牙床狠狠钳住她的奶头，她皱眉了。孩子抬头看她，用力一咬。

“哎呀。”海蕊努力挤出笑容，把孩子的头拉开。

护士说："再试一下嘛。"

孩子没哭。海蕊把他抱高，用眼神命令护士将他抱走。护士紧抿着嘴以示不满，抱走孩子放入小床里。他没抗议。这个孩子打出生就没哭过，或许呱呱坠地的一刹那，他曾发出一声抗议的怒吼，可能是吓了一跳吧。

四个孩子被带到医院来看新弟弟。和海蕊同房的两个产妇已经下床，抱着孩子去康乐室。海蕊拒绝下床。她告诉医师和护士说她需要时间复原体内的瘀伤；她的语气有点挑战叛逆，她毫不在乎，漠视着他们批判的神情。

戴维站在床尾，抱着小保罗。海蕊想念这个宝贝，这个出生后没多久母亲就和他疏离的小娃儿。她喜欢他的模样，柔软有趣的小脸，温柔的蓝眼睛像蓝色风信子，还有小小柔弱的四肢……海蕊的手好像正顺着他的四肢抚摸，然后两手握住他的双脚。一个真正的小宝宝，一个真正的小娃儿……

三个大孩子低头瞪视这个和他们大不相同的家庭新成员，海蕊认为他恐怕连本质都异常。或许是她看他的眼光还带着回忆——他在她子宫里时异于常人；也可能是他黄色结实粗笨的身躯。还有他形状奇特的脑袋，眉骨以上全部往后倾斜。

海蕊说："我们要叫他班。"

戴维说："是吗？"

"是的，这名字适合他。"

路克站在小床的一边，海伦站在另一边，握住班的小手说："哈啰，班，""哈啰，班。"但是小宝宝并未看他们。

四岁的珍抓住班的脚，两手合握，却被他猛力踢开。

海蕊心想，天知道什么样的母亲会欢迎这样的小孩——异形怪物。

她足足卧床休息一星期，直到她觉得可以面对即将来临的苦斗，才带着班回家。

那晚在主卧室里，她背后垫着枕头，坐在床上给班喂奶。戴维在旁观看。

班吸吮得实在用力，不到一分钟，便吸光一边的乳汁。根据前几天的经验，乳汁快干时，班便会用牙床死命磨咬乳头。

海蕊必须用力拨开他的头，免得他开始咬人。这动作看起来好像海蕊无情地不让班吃奶，她听到戴维的呼吸声变了。班愤怒地咆哮，好像吸血虫般锁紧另一只乳头吸吮，力气大到海蕊以为她的乳房都要被班的喉咙吞没了。这一次，她没有马上扯开班，他却用牙床大力磨咬乳头，痛到海蕊哭喊出声，扯开班的脑袋。

“他的确不寻常。”戴维说，以给海蕊需要的支持。

“是呀！他的确‘非’常人。”

“但他没什么毛病，他只是……”

海蕊尖酸地引用医师的话：“正常、健康的好宝宝。”

戴维沉默了。他没法应付的正是海蕊这种愤怒与苦楚。

她将班举高。他扭动、挣扎、抵抗，用他特有的方式哭喊——听起来，倒像是怒吼或咆哮，脸庞因哭喊而由黄变白，不像一般孩子发脾气时会哭得满面通红。

当海蕊抱着班拍拍背让他吐气时，他好像想从她的手臂中站起来；想到不久前这股可怕的蛮力还在她肚子里，全盘掌控她，她就觉得恐惧虚弱。好几个月来，他撕打着要跑出娘胎，现在又抗拒她的掌握，挣扎着要独立。

海蕊把班放进摇篮（如释重负，因为她的手酸痛极了），他愤怒大吼，但是过一会儿，便安静躺着，没睡着，完全清醒，眼神专注，以海蕊非常熟悉的动作死命伸头踢脚，扭动身躯，班还在她肚子里时，就是用这个动作几乎撕裂了她。

她回到床上躺在戴维身旁，他伸出手让她躺在臂弯里，她觉得自己背叛了戴维，不值得信任，因为他可不会喜欢她此刻内心的真正想法。

没多久，海蕊就因为哺乳而精疲力竭。班倒是长得颇快，满月时胖了两磅，他还是早产儿呢，如果按足月算，他现在才一周大。

她的乳房痛得要命，制造出前所未有的大量奶水，喂奶时间快到时，它们胀得像几乎要爆开的白球。班已经在怒吼，她开始喂他，不到两三分钟，他便将奶水吸得一滴不剩。她觉得奶水好像喷泉般涌出又流干。班现在有了新把戏，他会在吸奶时数次停顿，死命合紧牙床磨咬乳头，让海蕊痛得哭喊。班的冷淡小眼珠看起来充满恶意。

她和多拉丝说："我要让他改喝牛奶。"多拉丝以一种奇特眼神（也是近来大家的眼神）观察海蕊与班的哺乳战斗，安静，专注，着迷，近乎被催眠，带着一丝嫌恶，还有恐惧？

海蕊原本以为母亲会抗议说"他才五周大呢！"但是多拉丝

说:“你必须改喂他牛奶，否则你会生病。”稍晚，看到班又在怒吼、扭动、挣扎，多拉丝说:“大家马上要来度暑假了。”她以一种前所未有的口吻说话，仿佛讲给自己听，又仿佛害怕自己即将说出的话语。海蕊认得这种语气，这正是她近来说话的口吻。人们的脑海里如果盘旋着不欲人知的思绪，说起话来就是这样。

就在那一天，多拉丝走进主卧房，看到海蕊正在给班哺乳，扯开班的脑袋时，乳头处一片青紫。多拉丝说:“现在就给他换喝牛奶，我已经买了奶瓶和奶粉，正给奶瓶消毒。”

戴维也立即附和:“现在就给他断了母乳。”但是她之前的四个孩子都吃了好几个月的母乳，那时家里连奶瓶都没有。

当孩子们上床睡觉后，四个大人——戴维、海蕊、爱丽丝、多拉丝——齐坐厨房大桌旁，海蕊试着让班喝奶瓶。一下子，他就喝光了，身体不断弯曲、弹直又弯曲，膝盖弯到肚子，又如弹簧般射开。他对着空奶瓶大声号哭。

多拉丝说:“再给他喝一瓶。”她起身泡奶。

“胃口真好。”爱丽丝努力说些客气的场面话，却掩饰不住恐惧。

班又喝完第二瓶，他用两个拳头撑住奶瓶，几乎不用海蕊帮忙。

海蕊说：“真是个小原始人。”

戴维不安地说：“别这样，可怜的小家伙。”

“老天爷，戴维。”海蕊说，“‘可怜的海蕊’还差不多。”

“好吧，好吧——只能说这次的基因有点特别。”

“重点是——什么基因，”海蕊说，“他到底是什么？”

另外三人没说话，或者，以沉默表示他们不愿面对其中的暗示。

“好吧，”海蕊说，“就当他只是个胃口好的宝宝，这样大家都快乐了吧。”

多拉丝抱起在海蕊怀中扭动反抗的班，海蕊颓然倒在椅子里。当多拉丝感到班的结实沉重与毫不妥协时，她脸色变了，连忙调整姿势，以免被班活塞般动弹的双腿踢到身体。

没多久，班的食量就是同阶段孩子的两倍，一天喝十瓶以上的牛奶。

他喝牛奶腹泻，海蕊带他去看布莱特医师。

他说：“喝母乳的孩子不会拉肚子。”

“我没给他喝母乳。”

“这不像你的作风，他才多大？”

“两个月。”海蕊说。她拉开衣领，让布莱特医师看她的乳房。好像呼应班永不餍足的需要，它们仍在汩汩泌奶。乳头一片瘀青。

布莱特医师沉默地看着可怜的乳房，海蕊也望着他——这张高尚、关切的医师面孔终于面对了他能力不及的麻烦。

他让步道："顽皮的孩子。"海蕊不可思议地大笑。

布莱特医师脸红了，与她短暂眼神接触，认同了她的谴责，随即转开眼睛。

海蕊说："我只要你开点治疗腹泻的药。"她瞪着布莱特医师，强迫他看她，然后故意说："毕竟，我可不想杀死这个顽劣的蛮小子。"

布莱特医师叹口气，拿下眼镜，慢慢擦拭镜片。他皱眉，但并非表示对海蕊的不认同。他说："做母亲的讨厌孩子，不算不正常，我看多了。不幸得很。"

海蕊没说话，但知道自己面露不悦的笑容。

"我检查他一下。"

海蕊将班从婴儿车里抱出来，放在诊疗床上。班马上翻身趴下来，试图挺直四肢起身。他还真的撑了一会儿才倒下。

海蕊瞪着布莱特医师，但他转身到桌上写处方笺。

他说："班显然没什么毛病。"他的语气困惑嫌恶，这是人们谈到班时常有的口吻。

海蕊追问："你可曾看过两个月大的孩子就能这样？"

"我必须承认没有。嗯，让我知道以后的发展。"

消息迅速传开，两家的亲友都知道海蕊顺利产下一子，一切安好（意指海蕊还好）。许多人写信或打电话致意，期盼暑假的聚会。他们说："我们急着要看看小宝宝。"有的说："小保罗还是一样可人吗？"暑假到来时，他们带着酒与夏日蔬果，从全国各地赶来，和爱丽丝、多拉丝一起做腌渍水果、果酱与酸辣酱。一大群小孩在花园里玩耍或到林子里野餐。有趣的小保罗人见人爱，成日被抱在膝上，到处都听得到他的笑声，这才是他的本性，可惜被班与班的需索无度给掩盖了。

因为屋子客满，大一点的孩子被赶到同一间。班已经从摇篮换到有栏杆的小木床，他成日抓着栏杆试图站起身，跌倒，翻身，又奋力抓住栏杆起身。这张小床放在大孩子的房间，他们希望他和兄姐们一起，会学着合群友善。结果不成功。他完全忽视他们，不理会他们的接触。他的哭声（应该说怒吼声）常惹得路克对他气愤大喊："闭嘴！"——路克随即因为自己对弟弟太不友善而哭了出来。海伦的年纪懂得疼小宝宝，她试着抱班，但是他太强壮了。所以这些大孩子只好全被赶到阁楼，在那儿，爱怎么闹都成，班则搬回自己的房间——婴儿房，在那儿使蛮力起身又摔倒，屋里人人都听到他的咆哮、大声吸气与怒吼。

当然，应客人要求，海蕊与戴维也把班给大家抱抱，但是大家一看到班的模样便忍不住脸色大变，让海蕊与戴维痛苦万分。他们总是抱一下，便连忙把班还给他们。一天，海蕊走进厨房，听到莎拉和表亲说："那个班让我毛骨悚然。好像什么小侏儒或怪物。我宁可要可怜的艾米。"

这让海蕊深为自责所苦，可怜的班，没人爱他。她当然无法爱他！好爸爸戴维几乎连碰都不碰他。她将班从那张好似牢笼的小床上抱起，放到大床上，坐在他身旁低吟："可怜的班，可怜的班。"一边抚摸他。班双手抓住她的衬衫，使力起身，站在她的膝盖上。硬邦邦的小脚弄疼了她。海蕊试图拥抱他，说服他对她温柔些……随即放弃，将他放回小床（或牢笼）。班因为被放下来，发出挫败的怒吼。海蕊伸手对他说："可怜的班，亲爱的班。"班抓住她的手，奋力起身，站着，胜利地咆哮与嘶吼。才四个月大……他就像个愤怒、充满敌意的小巨人。

此后，海蕊每日都趁大孩子不在时，刻意亲近班，将他抱到大床上一段时间，就像她带前面四个孩子一样，宠爱他，和他玩耍。但是班没有一次（从没有）安静下来，沉浸于亲热的时刻。他顽拒、苦斗、抵抗——然后转过头来，狠狠一口咬住海蕊的拇指。他的咬法不似一般小宝宝吸吮手指，以疏解长牙的疼痛或探索嘴舌功能。海蕊觉得骨头都要断了，也看到他胜利般的咧嘴冷笑。

她听到自己说："你不能搞死我，我不会让你得逞。"

好一阵子，海蕊的确试图让班变得正常。她抱他到楼下大起居室，全家人都在那儿，把他放进婴儿用围栏，但是他的出现影响了所有人，令他们逐一告退。有时海蕊抱着他坐在厨房大桌旁，就像她以前抱其他孩子一样，却抱不住他——他太重了。

撇开班不谈，这个暑假倒是颇愉快，又是足足两个月长。再度，戴维的父亲短暂造访，留下一张支票。少了这笔钱，他们可撑不下去。詹姆斯说："每次来到这房子，都觉得好像置身巨大的疯人院，天知道，你们怎么办到的。"

但是暑期结束之后，海蕊回想起来，只记得他们注视班的眼神：先是长长的思索瞪视，面露迷惑甚至焦虑；接着虽极力掩饰却仍流露不安，有时甚至是恐惧——这也是海蕊越来越常有的感觉。班似乎不在意，甚至没感觉。无法想象他对旁人有何想法。

一天晚上睡觉前，海蕊躺在戴维的臂弯里，和往常一样闲聊白天种种，她突然想到暑期的事，冲口说出："你知道这栋房子好在哪里？大家为什么来这儿？来享受，如此而已。"

戴维感到意外——她觉得——甚至震惊，他问："我们的目的不也是如此？"

海蕊无助地说："我不知道。"她钻入戴维的怀中哭泣，戴维抱着她。他们还未恢复做爱。以前从未这样。他们从不觉得怀孕期间做爱或生产后马上恢复做爱是个问题。但是现在他们的想法却是——尽管他们小心翼翼，这个怪物还是来到人间，万一再生出一个像班的孩子，怎么办？他们羞于让人知道他们对班的看法，但是却私心里认为班是凭着一己意志来到人间、入侵他们的平凡生活，面对班或他这类东西，他们的平凡毫无抵御能力。但是不做爱对两人都是压力，它是个障碍，时时提醒他们威胁永在……至少，这是他们的感觉。

接着发生了一件可怕的事。就在学校开学，亲友都返家后，小保罗一个人跑进班的房间。在所有孩子中，保罗对班最着迷。那天海蕊送大孩子去上课，多拉丝与爱丽丝在厨房。听到尖叫，她们冲上楼，发现保罗的手穿过班的婴儿床栅栏，班紧紧抓住保罗的手，把保罗整个人拉扯得压在栅栏上，故意将他的手臂往后拧。两个老女人将保罗拉开来，根本懒得斥骂班，他正在扬扬得意地欢呼胜利。保罗的手扭伤得厉害。

他们不想和孩子说："小心班。"但是在保罗的意外之后，根本不必提醒他们注意。那天晚上孩子们听到发生什么事后，没有抬头看父母、多拉丝与爱丽丝，也没有互相看。他们沉默以对，低垂着头。从这举动，海蕊与戴维知道他们对班已有既定想法：他们曾讨论过班，知道该对他抱何种看法。路克、海伦与珍沉默上楼，让父母伤心不已。

爱丽丝望着他们的背影说："可怜的小东西。"

多拉丝说："真令人惋惜。"

海蕊觉得这两个坚强、饱经风霜、生活历练丰富的幸存者似乎在谴责她。她看看戴维，知道他也有相同想法。班似乎激起人们的谴责、批评与憎恶，将这些感觉从人们内心挖出，摊在阳光下……

意外发生后的第二天，爱丽丝宣称这个家不再需要她的服务了，她要回去过自己的生活，她相信多拉丝一个人足以应付。毕竟珍也上学了，本来珍还要一年才须上全天课，他们故意让她早点入学。虽然大家没明说，但知道理由就是班。爱丽丝走了，没说是因为班。但是她告诉多拉丝（多拉丝又转告戴维与海蕊），班让她毛骨悚然。他一定是个替换儿[1]。多拉丝本着理智、冷静、实事求是的个性嘲笑她。她对戴维与海蕊说："是呀，我把她笑了一顿。"然后苦笑一下，"但是，为什么？"

戴维与海蕊压低了声调，好像是班强迫他们如此，以几乎是内疚且疑虑的口吻商量着：这个孩子还不满半岁……他会毁了全家人的生活。现在就已经毁了。以后，其他孩子在楼下与大人共餐（家庭时间）时，必须确保班待在自己的房间里。

现在，班几乎都待在房里，好像犯人。才九个月大，有栅栏的小床便已经关不住他。一次，海蕊发现他差点从床头翻出来。他们帮他买了普通小床放在房间。他很快便学会走路，成日扶着墙或椅子走动。他没经过爬的阶段，直接便撑直身体站立。地板上到处是玩具——应该说玩具的碎片。他不玩玩具，而是把玩具拿起来猛捶地板或砸墙，直到破裂为止。到了他无须扶住任何东西就能独自站立的那天，他发出胜利的咆哮。其他小孩在这种成就突破时刻，多半会咯咯笑出声，渴求大人的疼爱、赞美、钦佩。但这孩子不一样。他的胜利时刻是冰冷的，完全忽视母亲，自顾自蹒跚走动，眼睛里闪耀着冷酷的喜悦。

1. 替换儿，传说神仙偷走一个孩子，会留下一个丑恶、古怪而愚笨的孩子，称之为替换儿。

海蕊常怀疑班看着她时，心里在想什么。他的触摸与注视丝毫不透露出他知道——这是他的母亲。

一天清晨，海蕊突然惊醒，爬下床走进班的房间，看到班巍巍站在窗沿上。窗台非常高——天知道他怎么爬上去的！窗子大开，班随时可能摔出去。海蕊心想——真可惜，我干吗走进来？她不准自己心惊于这个想法。他们替窗子加装粗大的栏杆，班会站在窗台上，手抓着栏杆用力摇动，观看外面的世界，发出阵阵刺耳的怒吼。整个圣诞假期，他都被关在房里。客人语气小心地问："班近来如何？"听到回答"哦，他很好"，便不再询问。这实在是奇怪的景象。有时班的狂叫声传到楼下，众人顿时停止谈话，然后蹙起眉头，这正是海蕊畏惧看到的——这掩饰了他们的批评或不便说出口的想法。

这房子的气氛不再一样；大家都很紧张、警觉。海蕊知道，有时客人会被班撩起恐惧不安的好奇，趁她不在时偷偷跑上楼看他。她知道，因为之后他们看她的神色会变得不一样。她暗自生气——我倒成了罪犯啦！她花太多时间独自生闷气，无法平息。她深信就连戴维也谴责她。她对戴维说："我猜古时候，在原始社会里，人们惩罚生下怪胎的女人就是这样。好像全是她的错。但我们是文明人！"

戴维说:“你太夸张了。”近来他和她说话，都是这副耐心、警觉的口吻。

“夸张，这话倒适用于这个情景！恭喜啊！我夸大其词！”

“老天爷，海蕊。”他换上不同的口吻，无助般，“别这样——如果我们不连心，这……”

复活节时，女学生布姬达回来看看这个平凡生活的神奇王国是否继续存在，她问道:“班是什么毛病？先天愚型病吗？”

海蕊说:“唐氏综合征，现在大家不说先天愚型病。不是的，他不是。”

“那他是什么毛病？”

海蕊生气地说:“什么毛病也没。你可以自己看。”

布姬达走了，没再回来。

暑期开始，那是1975年。这次来访的客人少了：有人写信或打电话来说他们负担不起火车票钱或汽油钱。多拉丝说:“总比没借口好。”

戴维说:“大家手头紧。”

“他们以前可没紧到无法来这儿白吃白喝几星期。”

班已经一岁多。一个字也不会说，这点倒像正常孩子。现在要把他关在房间并不容易。孩子们在花园里玩耍时，总是听到他响亮、愤怒的呐喊，看到他站在窗沿试图推倒栏杆。

所以，他们把他放出小监狱，让他下楼和其他孩子一起。他似乎知道他该喜欢他们，他会独自站着、低着头，观察大家闲坐在厨房的大桌旁说话或在起居室聊天，小孩跑进跑出。他的眼睛瞪着这个，又转头看着那个，被看的人察觉他的固执凝视，便停止谈话，或者转身侧过肩膀，以免和他四眼相望。只要班一现身，就能让一屋子的人噤声或者离开。他们随便编个借口走开。

假期尾声，有客人带了一只小犬来访。班简直一秒钟都不放过它，狗儿走到哪儿，他跟到哪儿。班不抚摸也不宠它，只是站着瞪它。一天早上，海蕊下楼替孩子准备早餐，看到那只小狗死在厨房地板上。它心脏病发作？一阵疑心大作，她冲上楼去看班是否在房里。他蹲坐床上，看到她进来，抬起头对她笑，无声地笑，一如他的作风，好像在龇牙咧嘴。他可能自己开门，静悄悄穿过熟睡的父母，爬下楼，找到那只狗，杀了它，然后无声爬上楼，回到自己的房间，关上门……他一个人，办得到吗？海蕊将班反锁在房间里，如果他可以杀死一只狗，就能杀死小孩。

当她再度下楼，孩子们已围住那只死去的狗。大人们也来了，他们在想些什么，一目了然。

当然这是不可能的——一个小娃儿杀死一只活蹦乱跳的狗。那只狗的真正死因始终不明；兽医说它是被勒死的。这桩意外毁了剩下的假期，大家提早回去了。

多拉丝说："下次，他们可要考虑再三才来。"

三个月后，他们家的老灰猫"麦奎格先生"也死于同一状况。它一直很怕班，总是躲他远远的。班一定是跟踪它，趁它不注意勒死它的。

到了圣诞节，房子空了一大半。

这是海蕊这辈子最坏的一年，她已无法顾及大家为何逃避他们。每一天都是长长的梦魇。早上醒来时，她不敢相信自己可以撑到晚上。班成日四处游走，必须时刻监视他。他睡得极少，夜里多数时间都站在窗边望着花园，如果海蕊探头看他，他会转头对她投注以冷酷、陌生的凝视，许久许久；站在半昏暗的房间里，他看起来真的很像小侏儒或踞坐的怪物。如果班白天被锁在房里，就会不停尖叫狂喊，整栋屋子都回荡着他的声音，令大人害怕会招来警察盘问。不知怎的，有时他会突然冲出去，跑到花园里，冲出大门，跑上街头。有一天，海蕊足足追了他一英里多，看到他结实的小身体穿过红绿灯，完全漠视大按喇叭的车辆与尖叫警告的路人。海蕊哭喊、喘气，半疯狂式地急着要在班发生可怕意外前抓住他，心里却在祈祷，噢，撞死他吧，是的，拜托，撞死他吧……她在班快要跑上大路前一把抓住他，使尽力气才按住死命挣扎的他。他嘶叫、吐口水，像条怪鱼在她臂弯里弹跳。一辆出租车经过，她叫它停下，把班推进车内，自己也坐进去后，连忙用被班挣扎捶打到快要断掉的手压住他。

怎么办呢？她又去找布莱特医师，他检查了班，然后说班的身体没毛病。

海蕊形容班的行为，布莱特医师倾听。

不时，他的脸上浮起极力控制、不可思议的表情，他垂着眼，把玩手上的笔。

海蕊说："你可以问戴维，还有我妈。"

"他只是个多动儿——近来，大家都这么称呼这类小孩。"老派的布莱特医师说。她之所以找他当家庭医师，也是因为他的老派。

但至少这一次他是直视海蕊，而非躲避。

"你希望我怎么做，海蕊？开药让他吃得迷迷糊糊？我反对这样。"

海蕊内心呐喊，是的，是的，是的，这是我的希望！但是她说："不，当然不是。"

"以一岁半的孩子来说，他的体格发展很正常。当然，有点过壮和好动，但他一向如此。你说他还没开始说话？这不算太反常。海伦不也很晚才开始说话？她好像是。"

海蕊说："是的。"

她带班回家。现在他成日被锁在房内，连卧房门都加装粗重的栏杆。只要醒着，他都虎视眈眈。海蕊必须盯紧他，由母亲包办其他一切。

戴维说："多拉丝，我们该怎么谢谢你呢？感激二字不足以形容这一切。"

多拉丝说："的确是不足以形容。毋庸赘述。"

海蕊变瘦，眼睛里布满血丝，憔悴。她又开始动不动就哭。孩子们都躲着她。是孩子机敏，还是他们怕她？八月时，多拉丝建议他们带孩子出游一星期，她一个人在家照顾班。

通常，海蕊与戴维不会想出游，因为他们太爱这个家。此外，亲友们要来度暑假怎么办？

多拉丝说："我不认为有必要急着让他们来。"

他们开车去法国。对海蕊而言，那个星期只有快乐没有痛苦，她觉得孩子们又回到了她的身边，怎么相处都不够，孩子们的感受亦然。还有小保罗——因班出生而被剥夺了母爱的小心肝、可爱迷人的三岁小宝贝——再度成为她的小宝宝。他们仍是一家人！快乐……他们无法相信原来班剥夺了他们这么多。

当他们返家，多拉丝已经疲惫不堪，手臂与脸颊上各有一块严重瘀青。她没说发生了何事。但是当晚孩子上床后，她对海蕊与戴维说："我必须和你们谈谈——先别打断，坐下听我说。"

他们和她围坐在厨房大桌旁。

"你们必须面对现实，班必须被送到收容机构。"

海蕊苦笑说："但他是正常的，医师这么说。"

"对他那类人而言，班可能很正常。对我们而言，他可不。"

"什么样的机构肯收留他？"

"一定有。"多拉丝开始哭泣。

现在每晚，海蕊与戴维都躺在床上讨论该何去何从。他们恢复做爱了，但感觉变调了。海蕊说："以前的女人没法避孕，想必就是这种心情：恐惧。她们等着月经来潮，月经来了，代表她们又获得一个月赦免。但是她们可不像我，不必担心生下小怪物。"

谈话时，他们总是侧耳倾听"婴儿房"里的声音，现在他们已经不称那个房间为“婴儿房”，太伤心了。班又在干些什么令人无法置信他居然办得到的事？扳开粗重的铁条栏杆？

“问题是置身地狱久了，也会习惯。”海蕊说，“一整天与他相处下来，我觉得其他东西都不存在，除了他，什么都不曾存在。我会突然发现自己好几个小时没想到其他孩子，昨天，我就忘了帮他们煮晚饭。多拉丝去看电影，我下楼时，看到海伦在替其他孩子煮晚饭。”

“没什么大伤害。”

“她才八岁。”

想起法国的那个星期，想起了什么是家庭生活、家庭生活又可以如何，海蕊下决心不让它溜走。她发现自己再度默默对班说：“我不会让你毁了我们，你无法毁了我……”

她开始筹办另一次真正的圣诞派对，写信、打电话通知所有人，特别强调班“现在好多了”。

莎拉问她如果带艾米来“可以吗？”，这表示她听到了（每个人都听说了）那只狗与那只猫的意外。

海蕊说：“只要我们时刻注意不让艾米与班独处就行。”莎拉沉默许久后说：“老天爷，海蕊，我们姐妹俩真是拿了一手烂牌，不是吗？”海蕊说：“大概是吧。”但是她拒绝投降成为命运的祭品。莎拉，是的：婚姻有问题，生了个痴呆儿——她是命运的祭品。但是她，海蕊，与莎拉同坐一条船？

她和孩子说："拜托帮忙照顾艾米，别让她和班单独相处。"

珍问："班会伤害艾米，像他伤害'麦奎格先生'一样？"

路克尖声说："他杀了'麦奎格先生'，他杀了它。"

海伦说："还有那只可怜的狗。"两个孩子都在向海蕊控诉。

"是的，"海蕊说，"有可能。所以我们才要盯紧他。"

孩子们互相注视，他们近来总是如此，将她排斥在外，仿佛自有某种默契与了悟。他们没看她便走开了。

那年圣诞节，访客少了些，但依然充满欢乐与吵闹，非常成功；但是海蕊发现自己暗盼假期早点结束。因为要随时看紧班和艾米，压力实在太大。艾米是众人的重心。她的头太大，身体太短小，却充满爱意，看到人就亲，人人都爱她。长久以来，海伦一直渴望能够把班当成宠物一样疼爱，现在终于可以把目标换成艾米了。班将一切看在眼里，沉默不语，海蕊无法读透那双冷酷的黄绿色眼睛。她永远没办法！有时她觉得自己花了一辈子时间企图了解班在想些什么、感觉什么。艾米认定大家都爱她，所以咯咯笑着走向班，伸开双臂。艾米的年纪比班大一倍，却显然只有他心智年龄的一半。这个受苦的小娃娃，浑身散发着爱意，却突然沉默，脸儿变得苦恼，退缩了；她瞪着班，就像那只可怜的老猫“麦奎格先生”。现在她只要看到班，就会号啕大哭。班的眼光时刻跟紧她——另一个受苦的孩子，一屋子的人都爱她。班知道自己也是苦命孩子吗？他是苦命孩子吗？他到底是什么？

圣诞假期结束了，班现在两岁多了。保罗被送去街上的托儿所，躲开班。这个原本天性活泼、友善的孩子，现在变得神经紧张而且易怒，经常大哭或大发脾气，躺在地上尖叫或者捶打海蕊的膝盖，企图吸引母亲的注意，后者似乎将全部注意力都放在班的身上。

多拉丝去探望莎拉一家子。

现在海蕊白天全和班在一起，企图用她以前和孩子共处的方式陪伴班。她会坐在地上陪他玩积木或可以推着走的玩具。她给班看彩色图片，唱童谣给他听。但班似乎对玩具与积木没感觉，他坐在一大堆彩色的东西中间，试着把一块积木放在另一块积木上面，看着海蕊，想知道自己做对没。他努力瞪视着彩色图片，企图解读它。他从不坐在海蕊腿上，总是蹲坐一旁。当海蕊对他说:“这是鸟，班，你看——就像那棵树上的鸟。还有这是一朵花。”班瞪了一会儿，然后走开。显然，他不是不懂积木应该一块叠一块，他也知道如何把积木堆成一堆，但他不知道这有什么意义，或者花呀鸟呀有什么意义。有时海蕊认为或许这些游戏对他而言太幼稚了？他对彩色儿童图片的反应是走到花园，蹑手蹑脚跟踪一只画眉鸟，趴低，急冲，还差点让他逮到那只画眉鸟。他从花枝上扯下几朵樱草花，放在手中，目不转睛地看着，然后用强壮的小手掌捏碎它们，将碎片丢到地上。他转头，看到海蕊望着他，他似乎知道海蕊期望他有所表现，但海蕊要他表现的是什么？他瞪着春天的花朵，抬头看着树枝上一只黑色的鸟，然后缓缓走回屋内。

一天，他开口说话了。非常突然。他说的不是“妈妈”“爸爸”或者自己的名字。他说的是：“我要蛋糕。”一开始，海蕊根本没注意到他在说话；后来发现了，连忙告诉大家：“班会说话了。是整句呢。”孩子们自然是鼓励班：“好棒啊，班。”或者“聪明的班！”但是班不理会他们。此后他只开口说自己的需要：“我要这个”、“给我那个”或者“现在去散步”。他的声音粗重、不肯定，每个字都断开来，好像他的脑袋瓜是装满想法与对象的储藏室，他必须一一辨识。

班能正常说话，孩子们松了一口气。他们会对班说：“哈啰，班。”班小心翼翼回以刚刚接收到的话：“哈啰。”海伦说：“你好吗，班？”班回答:“你好吗？”“不对，”海伦说，“现在你要说‘我很好，谢谢’或者说‘我还不错’。”

班瞪眼思索，然后笨拙地说:“我很好。”

他时刻观察其他孩子，尤其是路克与海伦，研究他们怎么动、怎么坐、怎么起身，模仿他们吃东西的动作。他明白这两个大孩子比珍懂得社交礼仪，至于保罗，他理都不理。哥哥姐姐看电视时，他会蹲坐在一旁，不时地看看屏幕又转头看他们，他必须知道什么反应才是合适的。如果他们笑了，过一会儿，他也会发出一声响亮、强硬、不自然的笑声。对他而言，所谓的有趣就是露出龇牙咧嘴的笑容，这在别人看来却是充满敌意的。当电视里演出紧张刺激的内容时，孩子们寂静无声，身体因专注而紧张，他也和他们一样肌肉紧缩，全神贯注于荧幕中的剧情——其实，他的视线片刻没离开他们。

大体来说，他现在好多了。海蕊想，正常小孩都是学会走路后的头一年最难带。他们不知道自我保护，不能意识到危险，会从床上或椅子上摔下，闯到空地上，跑到马路上，时刻都得盯紧他们……但这个阶段的小孩也是最迷人的，甜蜜、滑稽、可爱，揪着人心。然后他们慢慢变得明理，日子就轻松了。

日子的确轻松了，但多拉丝提醒她，她看到的只是表象。

多拉丝在“休息”了数星期后回到家里，海蕊知道母亲打算跟她来个“真正的谈话”。

“女儿，如果我给你点逆耳忠言，你不会说我爱管闲事吧？”

那是上午十点左右，她们坐在厨房大桌旁，手里端着咖啡。和往常一样，班在她们的视线范围内。多拉丝企图表现风趣，海蕊却觉得被威胁了。她母亲诚实的粉红双颊因尴尬而涨得通红，蓝色双眼呈现出焦虑的神情。

“不会，”海蕊说，“你当然不是爱管闲事。”

“好吧，那我就实话实说了吧。”

但她被迫停止，因为班正用一颗石头敲击铁盘，使尽全身力气，噪声吓死人，但两个女人等待班主动停止。如果打断他，他就会大发脾气，嘶声怒吼，乱吐口水。

“你有五个孩子，”多拉丝说，“不是一个。你难道没发现我几乎是那四个孩子的妈？我想你没发现，你的心思完全被……”

班又开始用石头敲打铁盘，陷入很有成就感、得意扬扬的狂喜。好像他是在铸铁，让东西成形，你几乎可以想象他和他的同类身处地底深处的矿坑……再次，她们等待班停止制造噪声。

“这样不对。”多拉丝说。海蕊想起她母亲的“这样不对”

曾经如何规范她的童年。

“你知道，我年纪大了，”多拉丝说，“我不可能一直这样，我会病倒。”

是的，多拉丝瘦多了，甚至憔悴了许多。海蕊照例内疚万分，她真的没注意到。

多拉丝说：“还有，别忘了你还有丈夫要照顾。”她故意装出不知道这句话简直像把刀戳进女儿的心脏。“你知道，他是个好人。我不知道他是怎么熬的。”

班三岁那年的圣诞节，访客稀少。戴维一位表亲说：“海蕊，我受到你的启发，现在我们也有自己的家，没你们的那么大，是栋小小的房子。”他们有几个亲友改到那儿度假。其他人则说要来，是特意强调的。海蕊知道，这些都是近亲。

这一次，有人又带了宠物。那是只大狗，快乐吵闹的混种狗。它是莎拉孩子的玩伴，特别是艾米。当然，所有孩子都爱它，保罗尤其喜欢，海蕊觉得心疼，因为他们家没法养狗或猫。她甚至想现在班比较讲理了，或许……但她知道这是不可能的。她看到那只狗似乎知道艾米虽然身躯丑陋，却是充满爱意的小娃儿，需要温柔对待，它会收敛自己的狂放。艾米会坐到这只大狗旁，搂着它的脖子，如果她动作笨拙粗鲁，大狗就会抬头，用鼻子轻轻推开她，或者发出小声警告，仿佛在说："小心。"莎拉说这只狗就像艾米的保姆。孩子们说："就像《彼得·潘》里的娜娜。"但如果班也在房里，这只狗就会小心地看着他，然后跑去躺在角落，头埋在脚掌里，紧张专注。一天，大家围坐着吃早饭，海蕊不知为了什么事转头，看到那只狗正在睡觉，而班弯着身体，两只手朝前伸，不声不响地靠近它……

海蕊尖声喝止："班！"班冷酷的双眼转向她，她在里面看到一丝纯然的恶意。

那只狗惊醒，一骨碌翻身而起，全身毛发直竖。它焦虑地低哼着，跑进众人聚集的房间，躺在桌底下。

每个人都看到了这一幕，全都静坐无声。班走到多拉丝面前说："我要牛奶。"她倒了些牛奶给他，他喝下去。然后他看到大家都在看他，再度，他似乎试图了解大家在想些什么。他转身去花园，从厨房可以看到他——矮壮的小侏儒——正用木棍掘地。其他孩子都在楼上玩。

围坐餐桌的有莎拉、莫莉、菲德烈、詹姆斯、戴维，多拉丝抱着艾米，还有安杰拉——她们那个成功、能干的妹妹，她的每个孩子都正常。

屋内的气氛让海蕊以防卫的口吻说："好吧，有话就说吧。"

菲德烈率先发难（海蕊认为这颇不寻常），说道："我说海蕊呀，你该面对现实了，班必须被送去疗养院。"

"那得找到医师肯出诊断书说他不正常。"海蕊说，"布莱特医师显然不肯。"

"找其他医师，"莫莉说，"这可以安排。"这两个长得像干草堆、脸色红润、营养良好的人立场一致，一旦他们认定眼前的事是危机（甚至还间接危及他们），态度便绝不含糊。海蕊心想他们看起来就像刚吃完一顿美食的法官，她偷瞄戴维一眼，看他是否有同样想法；但是他低头凝视桌面，嘴巴紧闭。他同意父母的看法。

安杰拉笑着说："典型的缺乏同情心的上流阶层。"

以前，从未有人在这张桌上提出这类评语，至少，没那么尖锐。一片沉默，然后安杰拉软化了："我并不是反对。"

莫莉说："你当然会同意。任何明理的人都会同意。"

安杰拉说："我反对的是你说话的方式。"

菲德烈说："如何措辞，有什么关系吗？"

"谁要来负担费用呢？"戴维问，"我可负担不起。我只能勉强维持家用账单，这还多亏詹姆斯帮忙。"

"嗯，这次还是得仰赖詹姆斯的大力帮忙，"菲德烈说，"不过，我们也会帮衬一点。”这是他们第一次提议出钱帮忙。大家想起对菲德烈夫妇的一致评价：“寒酸小气，和他们那类人一样。”有时他们来这里一待十天，只带来一对野鸡与几瓶好酒。大家知道他们所谓的“帮衬一点”无济于事。

意见分歧，众人沉默静坐。

然后詹姆斯开口了：“我尽力而为。现在景况大不如前，景气差，买游艇不是大家的优先考虑。”

再度沉默，大家看着海蕊。

“你们真是奇怪，”海蕊开口了，保持疏离的态度，“你们常来这儿，你们知道——真的知道问题出在哪里。但是我们要跟疗养院的人怎么说？”

莫莉说：“这全看机构的负责人。”她的壮硕身躯充满精力与自信，海蕊心想她好像已经将班整个人吞下肚，正在消化吸收。海蕊口气温和但微微颤抖地说道：“你的意思是说，我们要找的就是那种专门收容父母想要摆脱的小孩的机构？”

安杰拉说：“是有钱的父母！”语带反抗与轻蔑。

莫莉无视此种鲁莽无礼，坚定地说：“是的。如果我们找不到其他地方，就得选择这种机构。事情很明显，不赶快采取行动，会发生大灾难。”

多拉丝说："已经是灾难了。"她的立场很坚定。"另外几个孩子都在受苦。女儿呀，你是当局者迷，看不清楚。"

"听着。"戴维开口了，语气不耐烦、愤怒，因为他受不了与海蕊夹缠不清，受不了与父母的拔河。他说："听着，我同意。海蕊迟早得同意，现在该是时候了。我不认为自己还能撑下去。"现在他终于双眼直视妻子，但那是痛苦、哀求的眼神。他正在对海蕊说拜托、拜托。

"好吧。"海蕊说，"如果你们能找到这样的地方……"她开始哭泣。

班从花园进来，以他迥异他人、惯常的站姿注视着他们。他穿了一件棕色粗棉裤、棕色衬衫，都是结实的布料。他会扯破衣裳，每件衣服都得又粗又厚。发线压低的黄色粗硬短发、一眨也不眨的眼睛、佝偻的身体、分得开开的两腿、弯曲的膝盖，加上朝前紧握的双拳，他看起来比以前更像个小侏儒了。

他说："她在哭。"指的是他的母亲。然后他从桌上拿起一片面包，转身走掉。

海蕊说："你们打算怎么跟疗养院的人说？"

菲德烈说："交给我们办就好。"

莫莉说："是的。"

“老天爷！”安杰拉以一种不是滋味的赞美口吻讥讽地说，“每次和你们相处，我就对这个国家了若指掌。”

莫莉说：“谢谢赞美。”

菲德烈也说：“谢谢。”

多拉丝说：“女儿，你这样讲不公平。”

安杰拉、海蕊、莎拉异口同声地说：“公平得很。”

除了海蕊外，大家都笑了。就这样，班的命运已定。

几天后，菲德烈打电话来说已经找到地方了，他们会派车来接班。很快，就是明天。

海蕊气坏了，这种迫不及待，这种——无情，是的。哪个医师授权的？什么样的医师连班都没看过，就签字同意送他进疗养院？她向戴维提及这些疑点，从他的态度，海蕊顿悟他们背着她进行了这一切。莫莉与菲德烈铁定是到戴维的办公室安排的一切，莫莉可能说：“你对海蕊必须态度强硬。”戴维的回答应该是：“放心，我会负责。”海蕊突然很恨莫莉。

戴维对海蕊说：“有他，就没有我们。”他的口气充满对班的憎厌，“反正，他可能是从火星来的，必须回去报告他在此的所见所闻。”他残酷地笑了，在海蕊看来，戴维心中已默认一个事实（海蕊其实也早有所觉）——不管收留班的机构是什么，他在里面都不可能活太久。

“他只是个小娃儿，”海蕊说，“他是我们的孩子。”

“不，他不是。”戴维说，“至少，他显然不是我的孩子。”

他们当时正在起居室。寒冬的黑暗花园里远远传来孩子们尖锐上扬的声音。不约而同地，戴维与海蕊起身到窗口，拉开厚重的窗帘。黑暗的花园里只能依稀看到树木与灌木丛的影子，但是屋内温暖的灯光穿过草坪，照到寒冬中漆黑的一丛灌木，微微照亮滴着闪耀水珠的细枝，也照亮桦树的白色树干。两个小小人影分不出性别，他们都穿了同样色彩缤纷的厚外套、戴着毛线帽，从冬青树丛中冒了出来，朝着屋内走来。两人拿着棍子在落叶堆里翻掘。

海伦胜利地大叫：“找到了！”她的棍子尾端浮现在光线下，戴维与海蕊看到夏天遗失的那颗红黄相间的塑料球。球儿又脏又扁，但依然完好。两个小孩兴奋地跺脚，一圈又一圈地跳舞，胜利地高举着抢救回来的球。不知为什么，他们突然抢着奔回家。戴维与海蕊转身坐在正对门的沙发上，法式的双扇玻璃门忽地打开，两个瘦长优美的小人儿站在那儿，双颊冻得通红，眼睛还因刚才的黑暗狂野而兴奋激动。他们站着大口喘气，眼睛慢慢适应屋内的一切——温暖有灯光的起居室、坐在沙发上注视他们的父母。那一刹那，仿佛是两种陌生的生命形式相交会。上一刻，他们还是古老野蛮的一部分，野性仍在血液里奔流，他们必须让狂野的一面走开，才能重新融入家庭。海蕊与戴维凭着对童年的回忆与想象力，与孩子们分享此刻，但他们也同时看清自己，两个孤坐在椅子上的成年人，驯服、顾家，因远离野性与自由而显得可悲。

看到父母坐在起居室，没有别的小孩（最重要的，看不到班），海伦扑到爸爸怀里，路克则跑到妈妈身边。海蕊与戴维紧紧搂住这两个冒险的小孩——他们的小孩。

第二天早上，一辆黑色小旅行车前来接班。海蕊知道他们要来，因为戴维没去上班。他留在家里“处理”她！戴维上楼，拿下行李箱与手提袋，那是他趁海蕊给小孩做早饭时悄悄收拾的。

他将行李丢进旅行车，紧绷着脸，海蕊都快认不得他了。他一把抱起坐在起居室地板上的班，扛着班走向旅行车，将他放进去；然后快步走向海蕊，依旧紧绷着脸，抱住海蕊，让她转身背对渐行渐远的旅行车。她听见车里传出呐喊与尖叫声。戴维搂着海蕊坐到沙发上——依然紧紧抱着——他一遍又一遍地说：“我们别无选择，海蕊。非得这么做不可。”海蕊不断抽泣，是震惊也是如释重负，感激戴维扛起所有的责任。

孩子们回家后，得知班被送去“和某人”同住。

海伦焦虑地问：“和外婆同住？”

“不是。”

四双狐疑、领悟的眼睛顿时轻松起来。如释重负，几近歇斯底里。他们无法控制自己，又叫又跳，然后假装这是刚发明的新游戏。

晚饭时，孩子们开心得不得了，咯咯笑着，近乎歇斯底里。稍微安静时，珍尖锐地问道：“你们也要把我们送走吗？”她是个略微迟钝、安静的小女孩，多拉丝的小翻版，从不说多余的话。现在她的蓝色大眼睛里充满惊恐，盯住母亲的脸。

戴维说：“不会，当然不会。”语气简短生硬。

路克解释说：“他们把班送走，因为他其实不是我们家的一分子。”

接下来的日子里，这个家庭就像纸花浸到水中，整个绽放开来。海蕊这才明白班是多大的负担，他们受了多少压抑，四个孩子又吃了多少苦；虽然戴维与海蕊不愿承认，但显然孩子们经常讨论班的事情，对他极尽忍耐与妥协。现在班走了，他们的眼睛发亮，快乐的情绪高涨，经常拿着甜食或玩具这类小礼物，跑到海蕊身边："妈妈，这是送你的。"有时，他们跑来亲亲她、抚摸她的脸，或者像小牛或小马，用鼻子摩擦她。戴维请了几天假陪伴他们——应该说，陪伴她。他对海蕊温柔又小心。海蕊反抗地想，好像我病了似的。当然，她成日想着班，他现在被关在某个地方，像个犯人。什么样的犯人？她的脑海里浮现出黑色小旅行车的影像，清晰地回忆起班被带走时的愤怒哭喊。

随着日子的消逝，这个家逐渐恢复正常。海蕊听到孩子们讨论复活节假期，海伦说："现在没事了，班已经不在了。"

海蕊一直不愿承认，事实是，这些孩子清楚得很。

虽然她也感受了这股集体的解放情绪，无法想象自己居然承受过这么大的压力，熬了那么久，但同时，她也无法将班逐出脑海。当她想到班时，心中没有爱与感情，她厌恶自己居然激不起一丝正常的感情火花，只有内疚与恐惧，让她彻夜无法入睡。虽然她努力掩饰，但戴维知道她醒着。

一天早上，她从噩梦中醒来，她不记得噩梦的内容，但是她说："我要去看看他们对班如何。"

戴维张开眼睛，静默地躺着，手枕着头，望向窗外。刚刚他只是在打盹，并没睡着。海蕊知道戴维畏惧此事，他仿佛在警告她，好了，够了，就是这样。

“戴维，我非去不可。”

他说：“别去。”

“我真的非去不可。”

从他躺着不看她、说话也不超过两个字，海蕊知道他认定这个主意对她不好，他躺在那儿，已经下定决心。戴维维持同一姿势好几分钟，然后起身，走出房间到楼下去。

海蕊穿好衣服，打电话给莫莉，莫莉一听便愤怒而冷冷地说道：“不，我不会告诉你班住在哪儿。做都做了，就不要去想它。”

但最后，她还是给了海蕊住址。

再度，海蕊质疑为什么她总是被当成罪人。打从班出生后就如此。现在看来，大家都在沉默地谴责她。海蕊告诉自己，我才是遭逢不幸的人，我没罪。

班被送到英格兰北部某个机构；开车要四五个小时——如果碰到堵车，或许更久。交通状况果然不好，她在灰色的冬日寒雨中开车。中午过了没多久，她抵达一栋大而坚固的黑石建筑，矗立于高原荒地上的一个山谷里，灰雨蒙蒙，她几乎看不清。它笔直挺立于阴暗滴雨的常绿树丛中，四方形，三排正常的窗子，只是都装了铁栏。

她进入小小的前厅，里面的门上挂着一块牌子:“请按铃叫人。”她按铃，等待，没动静。她的心怦怦跳，身上仍奔涌着令她冲动前来的肾上腺素，长途开车略微镇定了她的激动情绪，但这栋令人窒息的建筑就算不是在警告她的理智（毕竟她尚无实据可作凭证），也是在警告她的神经——她所畏惧的事情已成真。虽然她还不知道会是什么。她再度按铃。这栋建筑非常安静，她可以听到尖锐的铃声直直窜入屋内深处。再度，毫无动静。正当她打算绕到屋后时，门突然打开，一个穿运动衫与开襟毛衣、脖子上围着厚围巾、衣着随便的女孩现身。她的脸蛋小而苍白，一头黄色鬈发用蓝色丝带结成羊尾般的辫子。她看起来累极了。

她问:“什么事？”

这语气让海蕊顿时明白这儿根本从来没人探访。

她说:“我是骆维特太太，我来看我的儿子。”一开始，她便语气强硬。

显然，不管这是什么机构，这里的人从未预期会听到上述话语。

女孩瞪着海蕊，不自主地轻轻摇摇头，显露出无能为力的样子，然后说："麦克菲森医师这个星期不在。"她也是苏格兰人，口音很重。

海蕊不肯让步："他总有代班人吧。"

海蕊的态度让女孩退缩，她露出犹豫的微笑，一脸愁容。她支吾说："那么，等一会儿。"便转身入内。海蕊抢在阻挡她在外的大门关闭之前，紧跟着女孩入内。女孩张望了一下，仿佛要开口说——你必须在外面等。但是她说："我去找人来。"然后进入洞穴般的阴暗长廊，长廊的天花板上有一排小灯，却丝毫无法划破幽暗。消毒药水味扑鼻。绝对静寂。错！一会儿后，海蕊发现屋内深处传来高亢细弱的尖叫，停止，而后又开始。

仍是毫无动静。海蕊走回前厅，暮色即将降临，前厅变得幽暗。雨势转为寒冷大雨，沉默固执地下着。高原荒地消失于雨中。

她再度按铃，果断用力，然后回到走廊。

在天花板针点般的微弱照明下，两个人影现身，从极远处走向她。一个身穿肮脏白外套的年轻男子，后面跟着那个女孩，她嘴里含着一根烟，烟雾熏得她眯了眼。两人看来都很疲倦，也不知所措。

他是个极普通的年轻人，虽然筋疲力尽；把他整个人细拆来看——头、手、眼睛，都无出奇之处，却有一股自暴自弃的味道，仿佛饱含怒气与无望。

“你不能待在这儿，”语气慌张犹疑，“我们这儿没有探访日。”他是南伦敦口音，带着平板的鼻音。

“但是我已经来了，”海蕊说，“我来看我的儿子班·骆维特。”

他突然倒抽了一口气，望着那个女孩。后者噘着嘴，扬起眉毛。

“听着，”海蕊说，“我不知道你们明不明白，我是不会走的。我来看我的儿子，我就是要看他。”

年轻男子知道海蕊是认真的。他缓缓点点头，好像在说“好吧”，却有“这不是重点”的意思。他严肃地望着海蕊，仿佛在以此间负责人的身份严重警告她。他或许是个可怜的年轻男子，也的确操劳过度、吃得不好，因为找不到工作才做这份差事，但是他的模样却在诉说这个职业带来的重担——不快乐的重担。他的表情加上那双因抽烟而显得疲惫不堪、布满血丝的眼睛显露严肃与权威，不容忽视。

他说：“一旦人们把小孩丢弃在这里，就不会回来看他们。”

那个女孩则说：“你看，你一点都不明白。”

海蕊听到自己暴怒地说道："我受够了人们说我不懂这个、不明白那个。我是这个孩子的妈，我是班·骆维特的妈。你们明白吗？"

突然间，他们三人有了共识，虽然是绝望地接受某种宿命。

他点点头，然后说："好吧，我去看看……"

海蕊说："我跟你一起去。"

这真的让他吃惊了，他大声说："噢，不行。你不可以跟来！"他和女孩交头接耳一番，后者突然往走廊里急奔。年轻男子和海蕊说："你待在这里。"然后快步跟上女孩。

海蕊看到那女孩往右转，然后消失。她想都没想，便打开右手边一扇门。当门后的景象呈现在她眼前时，她看到那位年轻男子举起手，好像在咒骂或警告。

她站在一间长形病房的尽头，墙边摆着许多婴儿床与小床。床里躺着——怪物。她快步穿过病房，走向另一头的门，她看到每张床上都躺了一个小婴儿或小孩，人形扭曲，有的十分恐怖，有的则是轻微变形。有个小娃儿似乎陷入昏迷，骨瘦如柴的身体撑着一颗巨大下垂的脑袋。还有一个孩子好像竹节虫，两眼硕大暴凸，四肢僵硬脆弱。有一个小女孩整个人糊成一片，她的皮肤好像在融化与流淌——四肢灰白肿胀的娃娃，眼睛大而空白，好像两洼蓝色潭水，嘴儿张开，露出肿胀的小舌头。还有一个瘦长的小男孩身体严重弯曲，一半的身体弯到另一边。另一个小孩乍看正常，但海蕊随即发现他没有后脑勺；他的头只剩下一张脸，仿佛对着海蕊尖叫。成排成排的怪胎，全部陷入昏睡，静寂无声。他们都被下药，早就失去心智。嗯，应该说病房是“几乎”无声，因为某张小床传来毛骨悚然的啜泣声，小床四周围着毯子。高亢的尖叫声现在越来越近，停歇又开始，攻击着海蕊的神经。消毒药水都遮盖不住的排泄物气味扑鼻而来。海蕊步出这间炼狱般的病房，置身于另一个走廊，和她刚刚看到的那个走廊平行、一模一样。她看到那个女孩位于走廊尽头，后面跟着那个年轻男子，他们朝她走来，然后随即向右转……海蕊快步急奔，听到自己的脚步声沉重地踏在地板上。她也跟着他们转弯，走进一个小房间，里面的小拖车上装满了药。她奔过这个房间，来到一个水泥地的长走廊，走廊两边是一个个的房间，走廊墙上有监视用的格栅，全部对着她。当她跑到他们身边时，这对男女打开其中一扇门。三个人都气喘吁吁。

“妈的！”年轻男人咒骂的是海蕊居然到了这里。

海蕊说：“可不是。”敞开的门里是方形房间，四面墙壁铺上雪白塑料布，打上一个个纽孔，企图混充高级皮面。地上是个绿色海绵乳胶床垫，上面躺着班。他不省人事，仅穿着精神病患的束身衣，淡黄色舌头伸出嘴外。他的皮肤呈死灰白色，带点绿色。房间到处——墙壁、地板，还有班——都沾了排泄物。湿透的草席底下渗出一摊黑黄色尿液。

年轻男子大叫说:“我告诉过你不要跟来!”他抓住班的肩膀，女孩抓住班的双脚。从他们的动作，海蕊知道他们对班并不残暴;但这不是重点。用这种方式抬起班，他们可以尽量不碰到他。他们将班抬出房间，进入走廊不远处的一个房间。海蕊跟着他们进去，驻足注视。这个房间有一面墙全是冲洗槽，还有一个大澡缸，一个水泥做的棚架，倾斜式，上面有许多塞子。他们将班放在架子上，解开他的束身衣，调整水温后，就用连接水龙头的水管给他冲身。海蕊靠着墙看着，她实在太震惊，以至几近麻木不觉。班一动也不动，躺在那里，好像砧板上的一条死鱼。女孩帮他翻了几次身，年轻男子配合她的动作，数次停止冲水。终于他们将班抬到另一块板上，擦干他的身体，从衣服堆中拿起一件干净的束身衣，帮他穿上。

海蕊厉声问:“为什么要穿?”他们没回答。

他们将两手束绑、不省人事、舌头吐到嘴外的班抬离房间，穿过走廊，来到另一个房间，里面有一张看起来像水泥床的东西。他们把班放上床，然后站直身子，不约而同叹道："呼！"

年轻人说："嗯！你要看他，他就在这儿。"他闭目站了好一会儿，从方才的苦役恢复过来，然后点起一根烟。女孩也伸手要一根；他给她一根烟。他们便站着抽烟，疲累挫败地看着海蕊。

她不知道该说些什么。她的心好痛，好像看到她的孩子——真正的孩子——受苦，因为班冷酷陌生的双眼紧闭，看起来比以往都"正常"。可怜，以前，她从不觉得他可怜。

她说："我想带他回家。"

年轻男人扼要地说："随便你。"

女孩好奇地注视着海蕊，好像她和班一样，都是个"奇观"，有同样的天性。她问："你要怎么处理他？"海蕊察觉到她声音中的恐惧。"他力气好大——我从未见过像他这样的孩子。"

年轻男子说："我们都不曾见过。"

"他的衣物呢？"

现在他们嘲讽地笑了："你想要帮他穿上衣服，带他回家？"

"不行吗？他来这儿的时候可是穿着衣服的。"

这两个照顾者——护士、看护员（管他什么的）——互相交换眼神，各抽了一口烟。

年轻男子说："我想你不明白，骆维特太太。首先，你要开多久车？"

"四五个小时。"

他又笑了——是在笑此事行不通，也是在笑海蕊——他说："他半路就会醒来，然后怎么办？"

海蕊说："他就会看到我。"从他们的脸色，海蕊知道自己说了笨话。"好吧，你有什么建议？"

女孩说："让他穿着束身衣，再盖几床毯子。"

男子说："然后死命地开快车。"

他们三人沉默地站着，互相看着——冷静且意味深长的注视。

"你来试试这份工作，"女孩突然说，语气充满对命运的愤怒，"你来试试看。反正，我干完这个月就不做了。"

年轻男子说："我也是。这里没人能熬过几星期。"

"别这样，"海蕊说，"我又没抱怨你们什么。"

他说："你要签署一张表。我们不负这个责任。"

但是一下子找不到表格。他们在公文柜里翻找半天，终于找到一张纸，还是好多年前用油印机印的，上面注明海蕊同意该机构不必负任何责任。

现在她抱起班，第一次触摸他。他浑身冰凉，躺在她的臂弯里沉重不堪。她终于明白“死沉”是什么意思。

她来到走廊，说：“我不想再走进那间病房。”

年轻男子语带疲倦与讽刺：“谁能怪你？”他手上拿着一大摞毯子，帮班裹了两条，将他抬到车上，放进车后座，又给他盖了好几条毯子，只露出一张脸。

海蕊和两个年轻人站在车子旁，几乎看不清对方的脸。除了车头灯还有建筑透出的灯光外，一片漆黑。脚踏下去，水声吱响。年轻男子从外套口袋里掏出一个塑料袋，里面有一支针筒、几个针头，还有一些针剂。

他说：“你最好带着这些。”

海蕊迟疑了，女孩说：“骆维特太太，我想你不明白……”

海蕊点点头，收下这袋东西，坐进车里。

年轻男子说：“你一天只能帮他打四针，不能再多。”

正当海蕊要放开离合器，她问：“告诉我，你们认为他可以撑多久？”

黑暗中，他们的脸不过是两块模糊的白色东西，但是海蕊看得见那男子摇摇头，转过身去。女孩的声音传来：“他们都活不久。但是这一个……他很壮。他是我见过最强壮的一个。”

“你的意思是他可以活久一点？”

“不，”男子说，“不是这样。因为他太壮了，一天到晚反抗，他挨的针剂就比较重。他们都是打了太多针而死的。”

“我懂了。”海蕊说，“谢谢你们。”

他们站在那儿目送海蕊离开，但湿黑的夜色迅速地吞没了他们。她倒车时，看到他们仍站在灯光微弱的前廊，紧靠在一起，似乎不情愿入内。

她在寒雨中急速行驶，避开主要道路，一面注意背后的那堆毯子。开到半路，她看到毯子起伏震动，班醒了，发出阵阵怒吼，冲出毯子，踏在车地板上，放声尖叫。不是她在疗养院里听到的那种高亢刺耳、无意识的尖叫，而是充满恐惧的尖叫，震动穿过她的身体。她忍耐了半小时，觉得班的轰然尖叫震动了整辆车。她在寻找一个没有其他车辆的停车区，当她终于找到一个，她把车停下来，但没有熄火。她拿出针筒。她知道怎么打针，前面几个孩子生病时，她曾帮他们打过针。她折断针剂的头（上面没有药厂名字），用针筒吸出药剂，然后弯腰到后座。除了束身衣外，班什么都没穿，冻得发青，又在挣扎、喘息、咆哮。他的眼睛充满恨意地望着她。他不认得她了。海蕊不敢解开他的束身衣，又不敢在他的脖子附近打针。终于，她抓住班的一只脚踝，把针戳进脚踝下部，才一下子，他便四肢瘫软。这到底是什么药？

她把班抱回座椅上，替他盖上毯子，现在她可以开上大路了。大约晚上八点，她回到家。这时，孩子们应该围坐在厨房大桌旁，戴维陪着他们，今天，他应该不会去上班。

海蕊将裹了一堆毯子的班抱在手上，遮住他的脸，走进起居室，她看到大家都坐在隔间矮墙那一边的厨房大桌旁。路克、海伦、珍、小保罗，还有戴维。他的脸紧绷、生气，而且非常疲倦。

她说："他们正在谋杀他。"戴维露出绝不原谅她在孩子们面前说这种话的表情。他们全都面带恐惧。

她直接上楼回到主卧房，穿过主卧房到"婴儿房"，把班放上床。他醒来了，又开始挣扎、喘气、尖叫，一下子便在地上翻滚，撑直身体，弯身，扭动，他的眼里只有恨意。

她不能脱下他的束身衣。

海蕊下楼到厨房，拿了牛奶和饼干，全家人沉默地注视她。

班的尖叫与挣扎撼动了整栋房子。

戴维说："警察会来。"

海蕊命令道："让孩子们安静。"她端着食物上楼。

班看到她手上拿的东西，变得安静，也不再乱动，露出渴切的眼神。海蕊将他抱起来，好像抱着具木乃伊，她把牛奶杯凑近他的嘴巴，他几乎一咕噜就全吞下了，他饿坏了。海蕊喂他吃饼干，注意手指不要靠近他的牙齿。她端来的东西吃完了，班又开始怒吼、挣扎。她帮他打了第二针。

孩子们坐在电视机前，但没人在看。珍和保罗在哭。戴维坐在桌前，头埋在双手里。海蕊轻声说："好吧，我是个罪人。但他们真的在谋杀他。"

戴维没动。海蕊背对戴维，不想看到他的脸。

她继续说："他可能过几个月就死了。搞不好只要几星期。"沉默。她只好转身，简直不敢看戴维。他看起来好像病了，但又不是……

她说："我无法忍受。"

戴维意味深长地说："我想也是这样。"

海蕊大声说："是的。但是你没看到那个情景，你没看到！"

戴维说："我小心不去看它。你原本以为会怎样？他们会把班变成社会适应良好的一员，然后一切美好？"他是在嘲笑她，但喉头因流泪而哽咽。

现在他们四目相对，深深注视，看清对方的一切。海蕊心想，好吧，他是对的，我错了。但生米已成熟饭。

她大声说："好吧。生米已成熟饭。"

戴维说："这话倒是贴切。"

她坐到沙发上陪孩子们。这时她才看到他们脸上都是泪痕。她没法伸手安慰他们，因为是她把他们弄哭的。

最后她说："统统去睡觉。"他们马上起身上楼，看都没看她。

海蕊为班拿了些适合的补充食物，回到主卧室。戴维已经把自己的寝具搬到别的房间。

天快亮时，班醒了，开始怒吼，海蕊喂他吃东西，然后打针让他昏睡。

她如往日般替孩子做早餐，试图表现得一切正常。他们也努力维持正常，绝口不提班。

戴维下楼后，海蕊对他说："拜托你送他们上学。"

家里只剩她和班。当他醒来，她喂他吃东西，没给他打针。他依旧咆哮、挣扎，可是她觉得好多了。

在班精疲力竭、平息下来后，她说："班，你现在回到家了，不在那个地方。"他听着。

"你停止这样吵闹，我就帮你解开身上这个东西。"

太快了。班又开始挣扎。除了他的尖叫声，海蕊还听到其他声音。她走到房门口的栅栏边，发现戴维并未去上班，留在家里帮她。两个年轻警察站在门口，戴维和他们说话。然后他们走掉了。

戴维是怎么解释的？她没问。

到了孩子快放学时，她和班说：“现在你要安静，班。其他孩子快回家了，你这样尖叫会吓坏他们。”

他安静下来，太累了。

他躺在地板上，此刻上面都是尿渍。海蕊抱他进浴室，脱掉他的束身衣，放了洗澡水，开始替他洗身子。海蕊看到他吓得浑身发抖，知道疗养院的人帮他洗澡时，他并不是一直昏迷不醒。她抱他回床上，说：“如果你又吵闹，我就得帮你穿上这个。”

他对着海蕊龇牙咧嘴，眼中似乎要冒出火来，但他也很害怕。她必须以恐惧来控制他。

当海蕊清扫房间时，班躺在床上伸展，挥舞双臂，好像他已经忘了怎么挥动双手。他很可能被送进疗养院后，便一直被绑在那件“衣服囚牢”里。

然后他蹲坐在床上，挥动手臂，瞪视四周，慢慢认出这是他的房间，还认出了她。

他说："开门。"

海蕊说："不行，除非我能确定你乖乖的。"

他正打算开始吵闹，海蕊大声呵斥："班，我说真的！你再叫闹，我就把你绑起来。"

他控制住自己。海蕊拿三明治给他，他一口塞进嘴里，呛着了。

她费尽力气教他的基本社会礼仪，他全部忘光了。

班吃东西时，海蕊沉静地对他说："现在你听我说，班。你必须听。如果你乖乖的，一切都没事。你吃东西必须文雅，大小便要用尿盆或到厕所去。你不可以尖叫或厮打。"海蕊确信班听进了她的话。她再说一遍，又再说一遍。

那天晚上，她陪着班，没去看其他孩子。戴维搬去别的房间睡觉，远离她。此刻海蕊觉得她是在重新教育班融入家庭生活，所作所为是在保护家人不受班的伤害。但她也知道家人的感受，在他们看来，她是背弃了他们全体，选择和班一起遁入陌生的国度。

那天晚上，她将班反锁在房内，没给他打针，希望他会自己睡觉。他的确睡着了，醒来时却恐惧尖叫。海蕊进去看他，发现他蜷缩在床尾、背贴着墙，一只手遮着脸，不敢看她。海蕊不断对他说话，用最合理、最具说服力的字眼对抗他的强烈恐惧。他终于安静下来，海蕊拿东西给他吃。他简直是怎么吃都不够，他在那里饿坏了。他们必须不断下药让他昏睡，昏迷不醒时，他不可能吃东西。

吃饱后，班又退到墙边，蹲在床上，瞪着房间，以防“狱卒”随时进来。他不完全明白自己已经回家。

然后他睡着了……醒来后，咆哮；然后又睡着……醒来……海蕊不断安抚他，终于他沉睡过去。

白天过去；夜晚也流逝。

他终于明白自己已经回家，安全了。慢慢地，他不再仿佛每口食物都是最后一口般狼吞虎咽。慢慢地，他懂得用尿盆，也肯让人牵着手去上厕所。然后他下楼，目光四下扫射，要在敌人逮住他之前逃脱。对他而言，这房子是他被父亲设陷阱捕捉的地方。当他看到戴维，连忙往后退，发出嘶嘶声。

戴维并未试图安抚他；对他而言，班是海蕊的责任，而他的责任是那四个孩子——他们真正的孩子。

班坐到大餐桌边，和哥哥姐姐们一块。他的眼睛盯着背叛他的父亲。海伦说：“哈啰，班。”路克也说：“哈啰，班。”然后是珍。保罗没打招呼，班的重返令他觉得悲惨极了。他气呼呼地坐在起居室椅子上，假装看电视。

班终于说:“哈啰。”他的眼睛在众人脸上游移，朋友或敌人。

他吃东西，观察大家。当他们坐到起居室看电视，他也跟着去。他模仿众人的举动，力求安全，眼睛望着电视屏幕，因为大家都在看。

就这样，一切回归正常，如果这也称得上是正常的话。

但是班不信任父亲，永远不再信任他。只要戴维一走近他的身边，他便浑身僵直，往后退，如果戴维靠得太近，他便露齿咆哮。

海蕊确定班已经恢复正常后，开始部署她的计划。夏天时，花园乏人整理，乱极了。他们找了一个年轻人约翰来帮忙。他是失业青年，偶尔打点零工。

他来工作好几天，剪树篱、掘起病恹恹的矮树丛、锯去死掉的树干、修剪草坪。班一秒钟都离不开他。一早，他就趴在双扇玻璃门前，等着约翰到来；然后成日像只哈巴狗跟着约翰打转。约翰毫不在意。他是个高大、毛发浓密、和善、耐心、好脾气的年轻人；用随便的态度对待班，好像他真的是只需要训练的小狗。“现在你乖乖坐在这里，等我干完活。”“帮我拿着大剪刀，对，就这样。”“不行，我现在要回家了，你可以送我到大门口。”

有时，约翰走了，班还会哭泣吵闹。

海蕊去约翰经常逗留的“贝蒂咖啡屋”找他，他果然和几个朋友在那儿。他们这一伙大约有十人，都是失业青年，有时还有几个女孩。她不用解释，现在她早已明白人们其实心知肚明班有毛病，虽然他们不是专家也不是医师。

她坐到这群年轻人中间，告诉他们班不适合上一般的托儿所，还要两年或许更久才能上学。当她说到“不适合”时，故意直视约翰的眼睛，他微微点头。她希望有人白天能照顾班，报酬不薄。

约翰说:“你要我去你家照顾他?”他拒绝了。

“看你方便,”海蕊说,“他喜欢你，约翰，他信任你。”

约翰看看同伴，他们交换眼神、商量。最后，约翰点头了。

现在约翰几乎每天早上九点到海蕊家，班坐上他的摩托车出去，高兴极了，放声大笑，根本没回头看母亲、父亲与兄姐。他们之间的默契是班最好成日在外面，吃晚饭才回来，但有时他在晚饭过后很久才回家。他成为那群失业青年的一分子，他们在马路上闲逛、呆坐咖啡馆里，有时打点零工、看看电影，或者飙飙摩托车和借来的车子。

海蕊他们又重新变成一家人。嗯，几乎。

戴维搬回主卧室，但他们之间有了距离。这距离是戴维制造并刻意保持的，因为海蕊伤透了他的心。海蕊也明白。她告诉戴维她开始吃避孕药了，对他们而言，这是神伤的一刻，因为他们过去所拥有及他们所代表的一切，根本不会让她考虑避孕。他们深信干涉自然是绝大的错误。现在他们想起——他们曾一度认为自然或多或少可以信赖。

海蕊打电话给多拉丝，问她可否来帮忙一个星期，然后她恳求戴维与她一起外出度假。自从路克出生后，他们便不曾单独度假。他们选了一家安静的乡间旅馆，长时间在外散步，互相体贴。心痛的感觉经常袭来，但这是他们必须忍受的事。有时（特别是快乐时）他们忍不住眼泪盈眶。但是到了晚上，海蕊躺在丈夫怀中，她知道这种快乐并不货真价实，不像以往。

她说："我说，如果我们再生一个孩子呢？"

戴维的身体突然紧绷，她感觉到他的愤怒。

"然后，假装这一切都不曾发生？"他终于开口问，海蕊知道他听到再生一个孩子的提议，觉得很奇怪，不敢相信自己的耳朵。

"我们不会再生出一个班——怎么会？"

“问题不在我们会不会再生出一个班。”他终于开口，压抑怒气，努力让声音平板无感情。

海蕊知道戴维大可以用她一向自欺自瞒的事实（最坏的事实）来攻击她，那就是她救了班，却给这个家带来致命伤害。

海蕊坚持：“我们还可以再多生些孩子。”

“前面那四个不算？”

“或许再生个孩子会让我们重新凝聚，让事情好转……”

戴维沉默不语；相对于这股沉默，海蕊听出自己的话有多不实在。

终于，戴维又以那种平板无感情的声音问道：“那保罗怎么办？”所有小孩中，保罗受伤最重。

海蕊绝望地说：“或许他的创伤会平复。”

“他是不可能恢复的，海蕊。”现在，戴维的声音再也掩不住努力压抑的怒气。

海蕊转过身背对他，啜泣。

暑期来临前，海蕊写了封措辞谨慎的信给所有亲友，解释班现在几乎成日不在家。这么做，她觉得背叛、不忠，但是背叛了谁，又对谁不忠呢？

部分亲友来了。但是莫莉、菲德烈没来，他们不原谅海蕊把班带回来；她知道他们永远也不会原谅她。莎拉带了艾米与多拉丝一块儿前来，多拉丝现在是艾米面对世界的一大慰藉。但是艾米的兄姐去和表亲——安杰拉的孩子——度假，所以骆维特家的孩子没有一起玩耍的同伴，他们知道都是因为班。德博拉曾短暂前来做客。打从上次见面后，她结了婚又离了婚。现在她是个瘦削优雅，言谈日益机智、肆无忌惮的女人，是孩子们心目中的好姑姑，既冲动又缺乏技巧，常给孩子买些昂贵不实际的礼物。詹姆斯也来了。他曾多次说过这房子像巨大的疯人院，但这话是出于善意。一些远房表亲与戴维的同事也前来做客。

班呢？一天，海蕊到城里购物，听到背后传来摩托车的咆哮声，转身看到一个穿得像太空时代骑师的人，应该是约翰，身子趴得低低地抓住把手，一个状似侏儒的小孩紧紧抓住他的背。她看到她的儿子班，嘴儿大张，应当是在欢呼大叫、狂喜。她从未见过班这个样子。快乐？真是这个字眼吗？

她知道班成为这群年轻人的宠物或吉祥物。他们对班很粗鲁，海蕊觉得几乎是恶意，他们称呼班为“笨蛋”“侏儒”“异形Ⅱ”“捣蛋鬼”“邪恶小精灵”。“喂，笨蛋，你挡住路了。”“捣蛋鬼，去帮我拿根烟。”但是班很快乐。早上，他等在窗前期盼他们当中一人来接他；如果他们没来，打电话说今日不行，班便气急败坏，觉得损失大了，在屋里顿足咆哮。

这种安排所费不赀。约翰那伙人用骆维特家的钱，过得挺舒适，花的不仅是班的祖父詹姆斯的钱，也是戴维的钱，他近来开始找各式兼差。他们需索无度，毫不迟疑："如果可以的话，我们想带班到海边玩。""好啊，很棒呀。""大概要二十镑，呃——加油钱。"然后摩托车引擎轰然驶往海边，成群年轻男女，班也在其中。当他们把班送回来，会说："花费超出我们的预期。""多少？""还要十镑。"

一个表亲听说班到海边游玩，说："不错呀。"好像这很正常——年纪小小便能到海边度假享乐。

虽然班常遭约翰那伙人的粗鲁对待与戏弄，但至少他被接纳了。和他们安全快乐相处一天后，他会站在餐桌前，面对忧愁、谨慎望着他的家人说"给我面包"或者"给我饼干"。

路克、海伦或珍（绝不会是保罗）会说："坐下，班。"那是他们和班说话特有的耐心和礼貌的口吻，海蕊听了就心痛。

他活力充沛地滚进椅子，和大家一样端坐。他知道嘴里塞满东西不能说话，或者嚼东西时不能张大嘴。他小心遵循这些规矩，和动物一样精力旺盛的咀嚼动作全局限在紧闭的双唇后，直到嘴里没东西，才开口说："班要下桌，班要去睡觉。"

他现在不睡在"婴儿房"，而是睡在靠楼梯转角处，离父母最近的一间房；婴儿房现在空着。他们不能将他锁在房内，只要听到转动钥匙与上门闩的声音，他就会大声尖叫、愤怒乱踢。但是就寝之前，其他孩子会静静锁上自己的房门。这代表海蕊不能在上床前去察看孩子，孩子生病了，也不能在夜里进去探视。她无法要求孩子不锁上房门，也不能小题大做地找锁匠来换门锁，让大人用钥匙就可从外面开启。孩子们将自己锁在门内，让海蕊觉得遭到孤立，永远被他们隔绝在外，亲情断裂。有时她蹑脚走到他们的房门前，轻声要他们开门，他们让她进去后，便和她热烈拥抱亲吻——心里却仍想着班，他随时可能进来……果然，好几次他静悄悄地站在他们的门口，瞪视眼前的景象，一点也不明白。

海蕊也想锁上自己的房门。戴维有时开玩笑说，总有一天，他也会锁上房门。好几次，海蕊半夜醒来，看到班静悄悄地站在黑暗中瞪着他们。花园的光影在天花板上游移，偌大的房间大半隐没在阴暗中，这个侏儒般的小孩就站在那里，若隐若现。那双非人类的眼睛射发出来的压力穿透海蕊的睡眠，惊醒了她。

"回去睡觉，班。"她会轻声说，努力维持音调平稳，因为她感到极度的恐惧。当他站在那儿看着他们睡觉，脑袋里到底想些什么？他想伤害他们吗？他是否正经历一种海蕊想都想不到的痛苦，因为他一直被这个家以及家人的平凡正常排挤在外？他是否和其他孩子一样，也想拥抱海蕊，却不知该怎么做？但是当海蕊拥抱班，他却丝毫没反应，没有一丝温暖，好像他根本感觉不到海蕊的触摸。

但，至少，他现在很少待在家里。

“现在，我们也差不多恢复正常了。”她和戴维说，期待他给予肯定。但戴维只是点点头，根本没看她。

后来，海蕊满怀感恩的心情回顾班就学前的这两年，其实，日子还算不坏。

班五岁那年，路克和海伦宣布他们想上寄宿学校。路克十三岁，海伦十一岁。当然，这违反海蕊与戴维所有的信念。他们说明了自己的信念，也说家里负担不起。他们再度讶然地发现孩子们对事情了解颇深，他们对住校这事曾详加讨论、计划，并付诸实行。路克早就写信给祖父詹姆斯，海伦也写信给祖母莫莉。他们愿意负担孩子们的学费。

路克用理性的态度说：“他们认为这样比较好。我们知道这不是你们的错，但是我们不喜欢班。”

在孩子们宣布要上寄宿学校前不久，一天海蕊下楼，路克、海伦、珍和保罗跟在她身后，他们看到班蹲坐在大餐桌上，手里拿着从冰箱里拿出来、尚未煮过的鸡，鸡被开膛破肚，内脏全被扔在地板上。凭着野人蛮力，班光用手和牙齿就将那只鸡生撕开来，正满足地吞咽着。隔着撕裂碎解的鸡尸，他对着海蕊与哥哥姐姐们咆哮。海蕊等到他的蛮性稍减后，斥责他："顽皮的班。"然后班从餐桌上站起身来，一跃跳到地面，手中的鸡仍在晃动。

他呜咽道："可怜的班饿了。"

他现在习惯称自己为可怜的班。他听到人家这样说他吗？是否那群年轻男女中有人说过："可怜的班！"——他便认为这个称呼很适合自己？他这么看自己吗？如果是，那么班的心中的确有一扇隐而不见的窗子，这真令人痛心——老实说，是令海蕊为之心碎。

孩子们对眼前的场面不予置评，坐到餐桌边，开始吃早饭，互相注视，却不看班。

班这个样子，绝不可能上学。海蕊试着读书给他听，陪他玩，教他这个那个；他根本无法学习。但是她知道教育当局看不出班无法学习，就算察觉，也不会承认。他们只会说班懂得不少规矩，足以做“半个社会化”的人，这话也确实不错。他知道某些事实。“绿灯走，红灯停”，或者“半盘薯条，只要大盘薯条的一半价钱”，或者“关门，天气好冷”。他会哼唱这些约翰传授给他的事实，看着海蕊，希望得到确认，譬如“用汤匙吃，不是用手吃”，或者“转弯时抓紧一点”。海蕊有时听到他上床后仍在哼唱这些话，回想白日的快乐时光。

他听到自己必须上学时，便说不要。海蕊说他没得选择，必须去上学。但是周末可以和约翰一起。班大发脾气，怒气冲冲，绝望沮丧，大声怒吼“不要！不要！不要！”撼动整栋房子。

约翰奉召前来；他和三个伙伴走进厨房，按照海蕊事前的指示，对班说：“听着，伙伴，你要听我们的话，你必须去上学。”

班问：“你也会在学校吗？”他站在约翰的膝盖旁，满脸信任地抬头望着约翰。不，应该这样说，他的姿势与那张仰望的脸说明他信任约翰，但是他的眼睛却因恐惧而几乎缩进脑袋里。

“不会。但我以前该上学时也去上学。”这时四个年轻人都笑了，他们当然都逃学，他们这类学生都如此。学校和他们不相干。“我上过学，罗南也上过学，贝瑞和亨利也都上过学。”

他们努力扮演角色，齐声说：“是呀！是呀！”

“我也上过学。”海蕊说。但是班没在听她，她不算数。

最后的安排是海蕊每天上午送班到学校，约翰负责接他下课。放学后到睡觉前的时间，由约翰那伙人负责。

海蕊心想，这是为了这个家，为了孩子，为了我和戴维。虽然戴维现在越来越晚回家。

同时，海蕊感觉到，也看到这个家开始四分五裂。路克与海伦分别上了不同的寄宿学校。家里只剩下珍与保罗，他们和班同一个学校，但他们是高年级生，和班碰不上面。珍依然稳重、明理、安静，和路克、海伦一样，都是懂得自救的孩子。她下课后很少回家，而是到朋友处。保罗下课后都直接回家，和海蕊单独相处。海蕊想，这正是保罗渴望且需要的。他是个需索无度的孩子，退缩，难搞，动不动就哭。当保罗唠叨哭诉时，海蕊不禁想她那个迷人、可爱的保罗哪儿去了？现在他是个瘦长的六岁孩子，大而柔和的蓝色双眼总是呆望凝视，就好像在抗议他看到的一切。他太瘦了。吃东西一向不正常。海蕊每天到学校接他放学，陪他吃饭，念书或说故事给他听。但是他无法专心，不是不安扭动、发呆做白日梦，就是跑到海蕊身边摸摸她，爬上她的腿，好像个小娃儿，一刻不得安宁或满足。

保罗的问题出在他该有母亲的时候，母亲都不在身边，大家都明白。

当他听到载班回家的摩托车引擎声轰然响起时，他马上眼泪盈眶，沮丧地用头去撞墙。

班上学一个月了，学校方面仍未传来令人不快的消息，海蕊问老师班的表现如何。老师的回答令她吃惊："这小家伙不错。他很认真呢。"

第一个学期快结束时，校长葛拉芙太太来电请海蕊前去一谈："骆维特太太，不知你能否来一趟……"

葛拉芙太太是个能干的女人，对学校的事了如指掌，她知道海蕊是路克、海伦、珍还有保罗的联络家长。

"我们很困惑，"葛拉芙太太说，"班真的很努力。但他似乎无法适应。我很难说这是谁的错。"

一如以往，海蕊沉默等待着，等待葛拉芙太太承认班的问题不仅仅是适应困难。打从班出生到现在，短短几年，海蕊已经面对过太多次这种状况。

她说："班一直与人格格不入。"

"家中的怪胎？嗯，我发现每个家庭都会有个格格不入者。"和蔼可亲的葛拉芙太太说。表面上的对话持续进行，敏感的海蕊仔细聆听潜藏于表面下的话——班的状况常迫使人们话中带话。

葛拉芙太太微笑说:“那些前来接班的年轻人，这种安排很不寻常。”

“他是个不寻常的孩子。”海蕊说，用力注视校长，对方点点头，没有回望海蕊。她蹙起眉，好像被恼人的想法打扰，这个想法纠缠着她，但她不想屈服。

海蕊说:“你以前见过像班这样的孩子吗?”

这话可能会使校长警觉的——果不其然，葛拉芙校长说:“这话什么意思，骆维特太太?”但她随即阻止海蕊回答，掩饰地说:“班可能是个多动儿，对不对?当然，多动儿一词可能规避了真正问题。说一个小孩多动，等于没说!不过，班的确精力过人。坐不住——不过，许多小孩都这样。他的老师认为教他，回馈颇大，因为班的确努力学习，但老师也说教他一个人，比教全班同学花的心血还多……就这样，骆维特太太，我很高兴你前来一谈，帮助很大。”海蕊起身离去时，她看到校长注视她的眼神，那是种意味深长、略带困扰的审视，隐含当事者不愿承认的不安甚至恐惧，这才是隐藏于表面对话下的真正对话。

第二个学期快结束时，海蕊又接到电话:她能否马上到学校一趟，拜托?班弄伤了同学。

事情终于来了，这正是海蕊最畏惧的。班突然抓狂，在操场上攻击一个大女孩。班把她压倒在地，女孩重重摔在沥青地面，两腿擦伤。班还咬她，把她的手臂往后扭到骨折了。

“我和班谈过了，”葛拉芙太太说，“他似乎毫无歉意。好像根本不知道自己干了什么事。但是他这个年纪——六岁了——他该知道自己做了什么。”

海蕊接班回家，把保罗留在学校，晚点再去接。其实此刻她想陪伴的是保罗，这孩子听说班攻击了同学，吓得歇斯底里，尖叫着说班也会杀了他。但是她必须先和班单独相处。

班坐在厨房大餐桌旁，摇晃双腿，吃面包与火腿。他问约翰可以来接他吗？他需要的是约翰。

海蕊说：“你今天把可怜的玛丽·琼斯弄伤了。你为什么这么做，班？”

他似乎没听她说话，自顾用嘴巴撕开面包，囫囵吞下。

海蕊坐到他身旁，让班无法继续忽视她，然后说：“班，你记得你坐旅行车去的那个地方吗？”

他的身体突然僵直，缓缓转头望着海蕊，手上的面包抖个不停，他整个人都在发抖。是的，他记得！海蕊从未这么威胁过他——也希望永远不必如此。

“怎样，你还记得吗，班？”

他的眼睛里有种疯狂的表情，他随时可能跳下桌跑掉。他很想这么做，却环顾屋内各个角落、窗子、楼梯，好像有人随时会从这些地方跳进来攻击他。

“你听我说，班。如果你再伤害任何一个人，你就会被送回那里。”

海蕊紧紧瞪着班，希望他不知道她其实心里想着：她永远不会将他送回去，永远不会。

班坐着发抖，好像一只湿透的狗正冷得发颤，而且无意识地重复他在疗养院时的动作。他用一只手遮住脸，透过指缝朝外望，好像那只手掌可以保护他免受伤害；然后他放下手，急速地转过头，用另一只手的手背压住嘴，恐惧地四望；有一会儿，他龇牙咆哮，但随即收敛；他抬起下巴、张大嘴，好似发出一声动物般的长嚎。海蕊认为她真的听到了那声嚎叫，那种寂寞的恐惧……

海蕊温柔地说：“你听见我说的话没，班？”

他滑下桌，咚咚地上楼，沿路滴下细丝般的尿渍。海蕊听到他砰地关上房门，然后释放出忍耐许久的怒吼与恐惧。

海蕊打电话到“贝蒂咖啡屋”找约翰，要他独自前来，他立刻便来了。

海蕊告诉他发生什么事，约翰上楼到班的房间，海蕊站在门外听。

“你不知道自己的力气，小鬼，这就是你的问题。伤害别人是不对的。”

“你很气班吗？你会伤害班吗？”

“谁生气了？”约翰说，“但是如果你伤害别人，别人也会伤害你。”

“玛丽·琼斯会伤害我吗？”

一阵沉默。约翰进退维谷。

“带我去咖啡馆？现在就带我去，带我离开这里。”

海蕊听到约翰翻箱寻找粗棉裤，说服班换上裤子。她下楼到厨房。约翰带着班下楼，班整个人挂在约翰的手臂上。约翰对她眨眨眼，竖直拇指。班坐上约翰的摩托车离去。海蕊到学校接保罗。

她要求布莱特医师帮她安排一个专家，她说：“拜托，别把我当歇斯底里的白痴。”

海蕊带班前往伦敦。她把班交给护士，因为季莉医师要先和小孩单独谈谈。听起来颇合理，海蕊心想或许这次“这个”医师会是个头脑清楚的人。她坐在小咖啡馆里啜饮咖啡，然后质疑自己所谓“头脑清楚”是什么意思。她到底期望这次会有什么结果？最后，她确定她要的是终于有人肯说“实话”，分担她的重担。她不期望获救甚至任何转变。她要的是大家承认班有问题，她的困斗获得应有的评价。

可能吗？她心里充满冲突，既渴望获得支持，又自我奚落——噢，你期望什么？——回到诊所后，她发现班已经和护士回到等候室旁的小房间。班抵墙而站，盯着护士的一举一动，好像警觉的罪犯。他看到海蕊便冲向她，躲到她背后。

“噢，”护士尖酸地说，“班，没这个必要嘛。”

海蕊叫班乖乖坐着，她马上就回来。他躲到椅子后面，小心戒备地站着，瞪着护士。

现在海蕊与这个目光锐利的专业人士面对面而坐，海蕊深信季莉医师已被告知——她这个忧心忡忡、失去理智的母亲管不住自己的第五个孩子。

季莉医师开口：“我直话直说，骆维特太太。问题不出在班，而是你。你不怎么喜欢班。”

“噢，我的天，”海蕊大大发作，“又来了！”她的声音几近愤怒抽泣。她看到季莉医师在注意她的反应。“一定是布莱特医师这么告诉你的，”海蕊说，“所以，你也这么说。”

"那么，骆维特太太，你能说这讲法不对吗？第一，我必须说这不是你的错；第二，这也不是罕见现象。你无法选择摸彩的结果——生小孩就像乐透游戏。幸或不幸，由不得我们选择。首要之务是不去自责。"

"我不怪自己，"海蕊说，"你可能不相信。但说我自责是个烂笑话。打从班出生后，我便觉得大家都怪我，我像个罪犯。他们让我觉得自己像个罪犯。"海蕊的声音尖锐刺耳，但她无法控制，这番抱怨控诉终于让她多年的苦楚倾泻而出。同时间，季莉医师在桌后看着她。海蕊继续说："这真是奇怪！从来没有人——一个也没有，从来没有——对我说：'你真聪明啊！生了四个又棒又漂亮、聪明正常的小孩！这都是你的功劳。干得好！海蕊。'你难道不觉得奇怪，从来没人这样对我说过？但是生了班，我就成了罪犯！"

季莉医师稍事分析海蕊的话后，问道："你怨恨班不够聪明，是吗？"

"噢，老天！"海蕊激烈地说，"讲这些有什么用！"

这两个女人对看。海蕊叹了口气，以平息自己的狂暴怒火；季莉医师也生气了，但是没表现出来。

"告诉我，"海蕊说，"你认为班在各方面都是个完全正常的孩子？没有一点奇怪之处？”

“他在正常的范围。我听说他在学校表现不算好，许多发展迟缓的小孩都是后来才跟上。”

“我简直不敢相信，”海蕊说，“这样吧，就算是迁就我好了！你叫护士把班带进来。”

季莉医师想了一下，然后按对讲机指示护士。

她们听到班大叫“不要，不要！”，护士在努力说服他。

门打开。班露面了，应该说是被护士推进房间。门在班身后关上，他退后抵住门，怒视季莉医师。

他的肩膀朝前耸、膝盖弯曲，好像要扑身向前。他是个魁梧结实的小东西，头很大，粗短的黄发从头上的双螺旋一路遮盖至阴郁狭窄的额头，鼻子扁平，外张朝天，嘴唇闪亮翻翘，眼睛像两颗死气沉沉的石头。海蕊第一次认为他的外表完全不像六岁小孩，老多了。你几乎会认为他是个小男人，根本不是小男孩。

季莉医师看着班，海蕊看着他们两人。然后季莉医师说：“好了，班，你可以出去了。你妈妈马上就会去找你。”

班呆站着。季莉医师又按对讲机说话，门打开，护士把班拖出她们的视线，班一路咆哮。

“告诉我，季莉医师，你看到了什么？”

季莉医师摆出提防的姿态，觉得受辱；她正在计算此次诊疗还剩几分钟。她没回答。

海蕊明知无用，还是开口了。因为她要说，也要季莉医师听，她说：“班不是人类，对不对？”

出乎意料，季莉医师居然放纵自己泄露内心的想法。她坐直身体，沉重地叹口气，用手遮住脸，然后放下手，双眼紧闭，手指放在嘴上。她是个体面的中年女子，完全掌控生命，有这么一刹那，她让不被允许、不合理的沮丧情绪表露在外，几乎是忘形、晕晕然。

然后，她决定中断海蕊认为是“真情流露”的片刻，放下手，开玩笑说：“从另一个星球来的？外层空间？”

“不是。你看到他的样子了，不是吗？我们怎么知道地球上有过哪些和我们不一样的人——我的意思是不同种类的造物？你知道的，就是很久很久以前。我们不知道，对不对？我们怎么知道所谓的小矮人、丑小鬼或小妖精这类东西是否真的存在？他们真的一度存在……总而言之，你怎么知道他们不存在？”

“你认为班是个‘返祖现象’？”季莉医师严肃地问道。听起来，她好像打算接受这个想法。

海蕊说:“在我看来，蛮明显的。”

又是一阵沉默，季莉医师审视自己保养良好的双手。她叹了口气，然后抬起头来迎接海蕊的目光:“假设如此，你希望我怎么做?”

海蕊坚持:“我要你们说出来，我要班的毛病被确认。我受不了大家都不说。”

“难道你不明白这超出我的能力范围?就算是真的，他是个退化的人。难道你要我写封信给动物园说，‘把这个孩子关到笼子里展示?’或者把他交付科学研究?”

“天呀，”海蕊说，“当然不是。”

沉默。

“谢谢你，季莉医师。”海蕊说，用规矩的方式结束此次会面。她起身说:“你可以帮我开些很强的镇定剂吗?有时我控制不住班，必须借助些东西。”

季莉医师开了处方笺。海蕊拿着那张纸片，谢谢季莉医师，向她告别。她往门口走去，然后回头看。她在季莉医师的脸上看到了她预期的表情，对陌生事物的恐惧——正常人对超乎人类极限事物的一种排斥，也是对海蕊的畏惧——因为她生下了班。

海蕊发现班独自在小房间里，背靠着墙角，眼睛一眨也不眨地瞪视海蕊走进来的门。他全身颤抖。穿制服的人、白外套、充满化学药剂味道的房间……海蕊发现她虽非故意，却强化了她的威胁效果。如果你不乖乖的，那么……

班镇静下来，紧紧黏着她，不像紧跟着母亲的小孩，倒像只害怕的狗。

现在每天早上她都喂班吃一颗镇定剂，虽然没有多大效果。但是她希望能让班的活动力减弱，直到放学后他欢呼着搭上约翰的摩托车为止。

班上学满一年了。这代表他们可以继续过日子，假装一切没事，他只是个“难带”的孩子。他在学校什么也没学会，但很多小孩也是什么都没学到，只是在学校混时间，如此而已。

圣诞节，路克写信回来说他要去祖父母那儿过节，他们现在在西班牙外海某处；海伦也写信说她要去莫莉祖母在牛津的家过节。

多拉丝来过节，只待了三天。她把珍一起带走，珍很喜欢患唐氏综合征的小表妹艾米。

班整天和约翰在一起。海蕊与戴维——如果他在家的话，现在他上班时间越来越长——几乎整个圣诞节都和保罗一起度过。保罗比班还难搞，但他是那种“正常的”情绪困扰的小孩，不是个外星人。

保罗成日看电视，遁逃于那个方盒子，扭动不安地看着，片刻不停，边看边吃，吃个没完，却一点也胖不起来。他的身体里似乎有张永不餍足的嘴，说着“喂我，喂我”。他全身上下充满渴欲——渴欲什么呢？母亲的双臂不能满足他。野蛮的1980年代已全面进入状态——战争与暴动；杀戮与劫机；谋杀、盗窃与绑架——而保罗瘫在电视机前，或在房间里走来走去，吃个不停，看着电视，从中得到滋养。看起来，似乎如此。

这个家庭的生活模式已经定了；它的未来亦复如是。

放假时，路克都到祖父詹姆斯家，他和祖父相处甚欢，也喜欢继祖母杰西卡，他说她很有趣。他的姑姑德博拉也很有趣，她很想怀孕，屡屡失败屡屡尝试，她总用滑稽口吻叙述这个长长的故事。路克与这群有钱人住在一起，出落得越发好；有时詹姆斯会带他回家探望父母，这个老好人看到这个家如此不幸，很不快乐，他知道戴维与海蕊想念长子。学校举行运动比赛的日子，他们会去探望路克；有时学期中的休假日，路克也会回家一下。

海伦在莫莉家很快乐。她住在戴维以前的房间（那个被他视为家的房间）。她是老菲德烈的心肝宝贝。有时，她会在学期中回家一下。

珍说服多拉丝陪她一起回家和戴维、海蕊说道理，她想搬去和多拉丝、莎拉阿姨、三个健康的表亲以及可怜的艾米同住。她如愿以偿。多拉丝有时会带珍回家，戴维与海蕊看得出来多拉丝“叮嘱”过珍要对父母和善，然后，千万、千万不可批评班。

保罗倒是住在家里，他在家的时间远超过班。

戴维对海蕊说：“我们该拿保罗怎么办呢？”

“能怎么办？”

“他需要治疗。心理医师……”

“那又有什么用！”

“他什么也没学，根本就是一团糟。他比班还糟。至少班是本性如此，不管那是什么，我也不想知道。但是保罗……”

“拿什么钱来付给医师？”

“我会想办法。”

戴维在原本就非常沉重的工作外又兼了一个差，到工艺学校教书，现在几乎都不回家。就算他在非周末日回家，也是很晚，倒头就睡，累坏了。

因此，保罗被送去——套用时下的话说——“和专家谈谈”。

现在，几乎每天下午放学后，保罗便去接受心理治疗。结果非常成功。那位心理医师约莫四十岁，已经成家，还有栋舒适愉悦的房子。保罗在他家吃晚饭，有时和医师没约，也会过去和他的孩子玩耍。

有时一整天，大房子里只剩海蕊一人，直到保罗晚上七点回来看电视。班也一起看电视，但是他的观赏行为大不相同。他对屏幕的注意力无法预期，而且根据海蕊的观察，毫无模式可言，通常只能维持一两分钟。

这两个男孩互相憎恨。

有一次，海蕊发现保罗被逼到厨房墙角，踮起脚尖拉直身体，躲避班的手，后者正试图掐他脖子。班又矮又壮，保罗又高又瘦——但如果班想要，他可以杀死保罗。海蕊认为班只是吓吓保罗，但是保罗陷入歇斯底里。班露出复仇的笑容，一脸胜利的表情。

“班，”海蕊说，“班——放手。”好像在警告一只狗：“放手，班，放手。”

班忽地转身，看到她，放下手。海蕊的眼睛露出她曾用过的威胁，那是她用来支配他的方法，他过去的那段记忆。

班露齿咆哮。

保罗尖叫，恐惧奔涌而出。他连滚带爬地跑上楼，逃脱班带来的恐惧。

海蕊威胁："要是你再如此……"班缓缓走向大餐桌边坐下。海蕊认为他是在思考。"如果你再这样，班……"班抬起眼睛看她。海蕊看得出来他正在盘算。盘算什么呢？这双冷酷、非人类的眼睛……到底在看什么呢？人们认为班看到的东西和他们相同——一个人类世界。但或许他的感官只适用接收某些事实与信息？谁又能知道？他在想些什么？他怎么看待自己？

有时他还是会说："可怜的班。"

海蕊没告诉戴维这场意外。她知道戴维已处于忍耐的极限。何况，她又能说些什么？"今天，班想要谋杀保罗！"这超过他们设定的容许限度。何况，她不认为班真的想杀保罗：他只是在展现他的力量——如果他想的话，他办得到。

她告诉保罗，班绝对无意伤害他，只是想吓吓他。她认为保罗相信了。

班还有两年才毕业，离开这所他什么都没学会，但至少没再伤害任何人的学校。这时，约翰突然说他要离开这里，要到曼彻斯特接受职训计划。他和三个伙伴都要走。

班也在场聆听。约翰在“贝蒂咖啡屋”已经先告诉过他了。但是他好像没听懂。约翰特意前来告诉海蕊，当着班的面，好让他能接受。

班执意问道：“为什么我不能去？”

“因为就是不行，伙伴。不过我会回来探望你的父母，我会回来探望你。”

班坚持：“为什么我不能跟你一起去？”

“因为我也要去上学。不是这里的学校，而是很远、很远的学校。”

班僵直了身体，恢复原先那种僵硬蜷曲的姿态，双拳紧握向前。他咬紧牙齿，眼神不善。

“班，”海蕊用那种“特别”的声音喊道，“班，别这样。”

约翰说：“别这样，小鬼。”语气不安但和善，“我也没办法。我总得长大离家，不是吗？”

“贝瑞也去吗？罗南也去吗？还有亨利？”

“是的，我们四个人。”

班突然冲去花园，开始用力踢树干，泄愤尖叫。

约翰说：“还好是树不是我。”

海蕊说：“也幸好不是我。”

“我很抱歉，”约翰说，“但事情就这样。”

海蕊说：“如果没有你，我真无法想象会怎么样。”

他点点头，知道海蕊说的是实情。约翰就这样永远地离开了他们的生活。自从海蕊把班从疗养院救回来后，他几乎天天和约翰相处。

约翰的离去让班大受打击。一开始，他无法置信。每当海蕊到学校接他放学（偶尔，连同保罗），他会等在学校大门口，眺望以往约翰骑着摩托车神气现身的马路。他不情不愿地跟海蕊回家，如果那天保罗没去看心理医师，他们便分坐在后座的两个角落，沿途，班的眼睛逡巡街道，寻找失去的好友的踪迹。好几次，海蕊在家里看不到班的踪影，都在“贝蒂咖啡屋”找到了他。他一人独坐，眼睛瞪着昔日伙伴可能现身的门口。一天上午，班看到约翰那伙人的一个外围分子站在商店橱窗前，他快乐欢叫，冲向对方，但那个年轻人只是平淡说道：“嗨，是小笨蛋呀。哈啰，笨蛋。”然后转身走掉。班不敢置信，呆站街头，嘴儿大张，好像被人打了一巴掌，直到好久之后，才明白。现在他和海蕊回到家后，随即出门到市中心乱逛。海蕊随他去。他会回来的！他没地方可去；更何况，她宁可与保罗单独相处——如果保罗在家的话。

一次，班砰地冲回家，快跑，躲到大餐桌底下。一位女警跟在后面，对海蕊说："那孩子呢？他还好吧？"

海蕊说："他躲在桌子底下。"

"躲在桌子底下……这是干吗？我只是想问他是否迷路了。他几岁了？"

"比他看起来大，"海蕊说，"班，出来，没事。"

他不肯出来，趴在地上，面对女警的方向，看着她干净闪亮的黑皮鞋。他记得曾经有人开了一辆车，带走他，把他关起来，制服，有官方的味道。

女警说："真是的，别人还以为我绑架小孩呢！你不该让他到处乱跑。他可能被绑架。"

"没那个运气，"海蕊说，故意摆出那种爱开玩笑、能干妈妈的模样，"他倒是有可能绑架别人。"

"说得不错，不是吗？"

然后女警笑着离开。

戴维与海蕊并肩躺在主卧室，灯光俱灭，屋子静寂。主卧室再过去两间房是班的房间——希望他睡着了。隔四间是保罗的房间，位于楼梯转角处，他锁上房门睡觉。很晚了，海蕊知道要不了两分钟，戴维也会沉沉睡去。躺在床上，戴维与海蕊之间隔着距离，但那不再是充满愤怒的距离。海蕊知道戴维长年处于极端疲惫的状态，没力气生气。何况，他也决心不再生气，生气会让他没命。海蕊对戴维的想法了如指掌，他总是大声回应她的想法。

有时他们会做爱，但是海蕊感觉那像是年轻海蕊与年轻戴维的鬼魂在亲吻交缠，她知道戴维也有同感。

仿佛生活的紧张压力剥掉了她的一层皮——不是真正的皮，可能是形而上的某种东西，看不见，察觉不到，直到你失去它才发现。至于埋首工作的戴维，早就失去那个顾家男人的自我。他努力工作，不仅在公司表现成功，还在另一家公司获得一份更好的工作。现在事业是他的重心。世事自有它的逻辑。戴维已经变成他以前最不想成为的那种男人。詹姆斯不再资助这个家庭，只负责路克的花费。戴维昔日那种来自坚定自信的诚恳与开放，已被另一种自信掩盖。如果她现在才认识戴维，一定会认为他冷酷。但他不是冷酷，海蕊在戴维身上感觉到的那份强硬是坚忍不拔，他知道如何贯彻到底，他们还是很像。

第二天是星期六，戴维要去观摩路克学校的板球赛。海蕊要去学校观赏海伦表演话剧。多拉丝上午会来解救他们，让他们这个周末出去透透气。珍没和她一起来，她到同学家参加一个她绝不想错过的派对。保罗则和戴维一块去探望路克。这便留下班和多拉丝单独相处，她已经一年没见过班了。

戴维说："你想多拉丝明白班其实不像看起来那么小吗？"海蕊并不讶异他这么说。

"我们该提醒她吗？"

"她只要与班相处个五分钟，就会一清二楚。"

沉默。海蕊知道戴维快睡着了。他勉力撑起身说："海蕊，你想过没？再过几年，班就要进入青春期，成为有性欲的人。"

"是呀。但他的生理时钟和我们不一样。"

"假设他们那类人也有类似青春期的阶段。"

"我们怎么知道？或许他们不像我们这么性欲旺盛。不是有人说过人类过于好色——谁啊？我想起来了，萧伯纳。"

"都一样。想到班也有性欲，我就害怕。"

"他很久都没伤害人了。"

过完那个周末，多拉丝对海蕊说："我很好奇班是否曾自问他为何和我们如此不同。"

"谁知道呢？我从不知道他在想些什么。"

"或许他认为某个地方还有更多他的同类。"

"或许如此。"

“如果他们同类中根本没有女人！”

“班的例子让你想起地球上一度住了那么多不同‘类’的人，现在，他们也一定在某处，生活在我们当中。”

“随时准备跳出来！也可能我们根本没注意到他们的存在。”多拉丝说。

海蕊说：“因为我们不想注意。”

“我就不想，”多拉丝说，“尤其是见过班之后……海蕊，你和戴维应当明白班不再是个小孩。我们把他当小孩，但……”

班升上中学的前两年，日子难过极了。他很寂寞，但是他知道自己寂寞吗？海蕊也很寂寞，她知道自己寂寞……

班现在和保罗一样（如果保罗在家的话），下课后便直奔电视机前。他有时从下午四点一直看到晚上九点或十点。他似乎不特别喜欢哪个节目，也不明白有些节目是给小孩看的，有些是给大人看的。

“这部电影的故事是什么，班？”

“故事。”他试着重复这个词，但是他浓浊笨拙的声音显得犹豫。他望着海蕊的脸，试图理解她的问题。

“电影里发生什么事情？你刚刚看的那一部。”

“大车，”班说，“一辆摩托车。女孩在哭。车子追男人。”

她想试试看班能否向保罗学习，一次，她问保罗："这电影的故事是什么？"

"银行劫匪的故事，是吧？"保罗说，口气对愚笨的班充满讽刺。班仔细聆听，眼睛从海蕊的脸转移到哥哥的脸。"他们打算挖地道抢劫银行。快挖到金库时，警方却设了陷阱抓他们。他们被抓进监牢，但大部分又逃掉了。其中有两人被警方射杀。"

班非常仔细地聆听。

"告诉我电影演什么故事，班？"

"银行劫匪。"班说。他重复保罗刚说过的那番话，为了使用一模一样的字眼，结结巴巴。

"那是我刚刚说过的话。"保罗说。

班的眼睛喷出怒火，但他随即控制住自己，眼神变得冷酷。海蕊猜想他一定是在想，我不能伤害任何人。如果我伤害人，我会被带回那个地方。海蕊知道保罗想些什么、他的感觉又是什么，但是班，她必须猜。

或许，保罗可以在不知不觉间教会班一些东西？

她会读故事给他们听，要求保罗重复她说过的故事。然后班又重复保罗的话。但是没几分钟，他便忘得一干二净。

她也会和保罗玩"蛇与楼梯"棋盘游戏或印度双骰游戏，

班在一旁看着。有时，保罗去心理医师家玩时，海蕊会叫班和她一起玩。但班一点都搞不懂这些游戏规则。

有些电影他却可以一看再看，毫不厌倦。他们租录像带回来看，班酷爱歌舞片：《音乐之声》《西城故事》《俄克拉荷马!》，还有《猫》。

海蕊问："现在演些什么？"班会说："现在她要开始唱歌。""他们要开始跳舞，然后这女的会唱歌。"或者"他们要伤害这女的。""那女的跑掉了。现在举行派对。"

但是他说不出电影的故事。

"唱那首歌给我们听，唱给我和保罗听。"

但是他不会唱歌。他喜欢那些歌，却只能发出粗糙、不成曲调的嘶吼。

海蕊发现保罗戏弄班，要他唱歌，然后嘲笑他。海蕊看到班的眼睛燃起怒火，她警告保罗下次千万不可以。

"为什么不可以？"保罗尖叫，"为什么不可以？什么都是班，班，班……"他对班挥舞拳头。班的眼睛一闪，正准备扑向保罗……

海蕊警告："班！"

看起来，海蕊企图让班"人性化"的努力只是把他逼得更退缩回自我，在那里，他可以……怎样？记起或梦想着他的同类？

有一次，海蕊知道他在家，却到处找不到他，她逐层搜索每个房间。二楼，住着海蕊、戴维、班和保罗，虽然三个大孩子的房间空着，但床铺得整整齐齐，摆着新枕头与干净羽毛被。三楼的房间干净但空荡荡。四楼，这里有多久不曾有过孩子的话语与笑声回荡整层楼、从窗户飘出去萦绕整个花园？班不在这些房间里。她静悄悄地爬上阁楼。阁楼门没关。高高的天窗洒下一片扭曲的长方形光线，班就站在那里，瞪视昏暗的阳光。她想不出他要什么、他的感觉是什么……这时，她眼中的班是个生命受到压制的孩子，只要纵身一跳，便能抓住黑色的屋檐边，从此消失。阁楼一片幽暗，仿佛无边无际。她什么也听不见。班蹲伏在那儿，瞪视她……她感到头发直竖、打寒战——她心里并不害怕班，但这是直觉反应。她因恐惧而僵直。

她柔声说（虽然声音颤抖）:“班，班……”她在话声里对他做人性召唤，也为这个野性而危险的阁楼添加人性，在这里，班退缩回一个对人类毫无所知的遥远过去。

没有回应。丝毫没有。一点阴影倏地弄暗天窗洒下的灰蒙光线，是只鸟儿从一棵树飞往另一棵树。

海蕊走下楼，坐在厨房里，啜饮着热茶，感到孤寂而寒冷。

在班进入当地的中等学校（那是所不升大学的中等学校，当然，这是他唯一能上的学校）前，亲友们又来海蕊家过暑假，几乎和往日一样。他们互相通信、打电话："真是可怜，我们去他们那儿度假吧，至少去待个一星期……"海蕊知道他们所谓的可怜是指戴维。他们很少认为海蕊可怜，多数时候是说：不负责任的海蕊、自私的海蕊、疯狂的海蕊……

她在心里激烈地自我捍卫——我是那个不肯让班被谋杀的人——虽然她不敢说出口。按照他们（她所属的这个社会）的一切标准与信念，她除了把班带回来，别无选择。但就是因为她把班带回来，救了他一命，她毁了这个家，伤害了她自己、戴维、路克、海伦与珍的生活，还有保罗，尤其是保罗，受伤最深。

她脑海里不断地盘旋着这些想法。

戴维总是说她根本就不该去疗养院……但是她又怎能不去，她是海蕊。就算她没去，她相信戴维也一定会去。

替罪羊。海蕊——这个家庭的毁灭者，她只是个替罪羊。

但她有一个更深层的想法与感觉，她对戴维说："我们是遭上天惩罚，就是这样。"

“为什么？”戴维问，他开始提高警觉，因为海蕊的声音又有那种让他讨厌的语调。

“因为我们决心要快乐，就假设、认定我们一定会快乐。”

“胡扯。”戴维说。他生气了，海蕊这种样子让他生气。“这不过是概率。任何人都可能生下班这样的孩子。那是基因的概率，如此而已。”

“我不认为，”海蕊坚持，“我们本来几乎要快乐过一生的！没有人能快乐，我从未碰过快乐的人，但是我们差点就快乐了，所以遭受天打雷劈！”

“别这样，海蕊！你知道这想法钻下去会变成什么？有计划的残杀与惩罚、猎巫与愤怒的神祇——！”戴维对海蕊怒吼。

“还有替罪羊，”海蕊说，“别忘了还有替罪羊。”

“你是说来自数千年前的复仇神祇。”戴维激烈地争论，海蕊看得出来他非常不安，深受困扰。他继续说：“会施行惩罚的神祇，因子民不愿服从，到人间散布惩罚。”

“但我们是什么人？凭什么认定我们可以这样或那样。”

“谁有资格认定？就是我们。就是戴维与海蕊。我们为自己的信念与作为负责。然后——厄运降临。如此而已。我们原本成功的机会很大，可以拥有我们的计划——生八个小孩，住在这栋屋子里，每个人都快乐……嗯，尽其可能。”

“谁付钱呢？詹姆斯。还有多拉丝，她用另一种方式付出……我只是实话实说，戴维，不是批评你。”

但这早就不再是戴维的痛脚。他说：“詹姆斯与杰西卡那么有钱，就是三倍的花费，他们也不会心疼。何况，他们喜欢资助我们。至于多拉丝——她抱怨被利用了，但自从她受够我们后，不也是跑去给艾米做保姆？”

“总之，我们当初就是要比所有人都好。我们自以为优越。”

“别这样，现在你在扭曲一切。我们只是想——做自己。”

“是呀！不过如此。”海蕊用一种装模作样、怀恨的口吻说，“如此而已。”

“是的。住嘴。海蕊，别这样……如果你无法停止这种心态，那么，别把我扯进去。我可不想被拖回中世纪。”

“我们是被拖回中世纪吗？”

莫莉与菲德烈带着海伦来度假。他们并未原谅海蕊，也永远不会原谅海蕊，但他们必须顾虑到海伦的感受。海伦在学校表现良好，已经长成迷人、自负的十六岁少女，但是遥远、冷淡。

詹姆斯也带路克回来度假，他已是十八岁的英俊男孩，安静、可靠、稳重。他立志和祖父一样投入造船事业。他的个性和戴维相似，也是个冷眼旁观者。

多拉丝带着珍回来。十四岁，不太会念书。但是多拉丝坚称："不会念书，又怎样？我就从来没及格过。"言下之意——看看我。这话她不必说，光凭她的样貌便足以震慑人，但是近来她的模样也不似往日那么结实，她变得很瘦，动不动就得坐下来休息。保罗已经十一岁，矫揉造作、歇斯底里，永远需求他人的注意。他大谈他的新学校——一所他讨厌极了的通勤学校。为什么他不能和其他孩子一样，也上寄宿学校？戴维先发制人，傲然看了詹姆斯一眼，说他自己会负担保罗寄宿学校的费用。

莫莉说："说真的，该是你们卖掉这栋房子的时候了。"她话中有话，是在对自私的媳妇说："卖了这栋房子，我的儿子就不必再为你卖命工作。"

但戴维马上支持海蕊："我站在海蕊这一边，还不到卖房子的时候。"

"你认为未来会有什么改变吗？"莫莉残酷地说，"班显然不会改变。"

私底下，戴维的说法不一样。他也希望卖掉房子。

海蕊说："光是想到和班共处在小房子里，我就害怕。"

"房子不用太小，但也不必大得像旅馆吧？"

戴维知道即使到了这一步，海蕊还是未能放弃重返旧生活的梦想，虽然很愚蠢。

暑假结束了。在海蕊看来，这个假期整体而言很成功，因为每个人都努力配合，莫莉除外。但是对戴维与海蕊来说，这个假期并不好过。他们必须听孩子们谈些他们只是耳闻却从未见过面的人。海伦与路克经常到同学家做客，却无法邀请他们到家里来玩。

班十一岁那年的九月，他进了中学。那是1986年。

海蕊准备迎接校长一定会打来的电话，据她估计，大概会在第一个学期快结束时。班以前的学校一定写了份报告给现在的学校。那位女校长始终拒绝承认班有任何不寻常之处，只说："班·骆维特不是个会读书的孩子，但是……"但是什么？"但是他很努力。"是吗？班早就放弃学习理解老师的教导，不会读也不会写，顶多只会写自己的名字。他仍然试着融入、模仿他人。

但是新学校没来电，也没写信。每天晚上班回家后，海蕊都会仔细检查他身上的破皮瘀青，看来，他似乎颇能适应无情且有时近乎冷酷的中学生活。

"你喜欢现在的学校吗，班？"

“喜欢。”

“胜过以前的学校？”

“是的。”

大家都知道每所学校都有一层“沉淀物”——不堪教导、无法同化、无可救药的学生，他们一级级往上爬，只等着毕业的快乐时刻到来。当这群学生逃课时，多数时候，老师还觉得有如放下重担。班马上便成为这群人中的一个。

上中学几个星期后，一天，他带回一个身材壮硕、浑身毛发浓密、肤色微黑、脾气随和的年轻人。海蕊当场以为是约翰！要不然，就是约翰的兄弟！但都不是。班被这男孩吸引，显然是因为他和约翰的快乐时光回忆。男孩名叫戴瑞克，十五岁，马上要中学毕业了。他为什么愿意与小他好多岁的班为伍？他们自己开冰箱找食物，泡茶喝，颓坐在电视机前，说话时间还比看电视多。海蕊仔细地观察他们。其实，班看起来似乎比戴瑞克老。他们全然漠视海蕊。就像班曾经是约翰那伙年轻人的“吉祥物”与宠物，当时他的眼中只有约翰一人，现在他的全副注意力似乎也只在戴瑞克一人身上。不久，他们招朋引众，比利、埃尔维斯、维克也在下课后成群结队而来，自行从冰箱里拿东西吃。

为什么这些大孩子喜欢班？

她有时从楼上下来，站在楼梯上看这群年轻人。他们有的壮硕，有的瘦削，也有的圆胖，有的肤色微黑，有的金发白肤，有的则是红发——站在他们中间的是矮胖、孔武有力、虎背熊腰、长有形状奇特的黄色粗硬头发、眼神陌生、时刻警觉的班——这时，海蕊觉得原来班并不比他们年轻！他是比较矮，但他似乎掌控了他们。当他们围坐厨房大餐桌边，用那种吵闹、喧嚣、嘲弄、玩笑的方式聊天，他们永远看着班。但班很少说话。就算说话，也是讲“是”“不”“拿着这个”“去拿那个”“给我那个”——无论他要的是什么东西，三明治或可乐。他时时密切注视同伴。不管这群人是否明白，班是他们的老大。

最后，海蕊不得不认为：他们只是一群还在长个儿、满身臭汗、变化无常的青少年；班则是小大人。一开始，她以为他们只是群可怜的孩子，因为同学认为他们愚蠢、笨拙，跟不上同龄人而物以类聚，他们之所以喜欢班，是因为班比他们更笨、更不善言辞。错！她赫然发现“班·骆维特帮派”是学校里最被羡慕的团体，不仅逃学者与辍学生，连其他男孩都想加入。

海蕊观察班与他的追随者，试图想象他与自己的同类人蹲坐在火光熊熊的洞穴口，或住在浓密森林深处的小木屋部落。

不对，班的同类人应该住在地底，她很确定，一个在地底极深处的洞穴，只有火把照明——这个可能性比较高。或许他们那类人的奇特眼睛只能适应完全不同的光线。

她经常独坐厨房，他们则在隔间矮墙那一头的起居室看电视，瘫在椅子上好几个小时、一整个下午或一整个晚上，自己泡茶，洗劫冰箱里的东西，出去买派、薯片或比萨。他们并不在乎电视里演些什么；他们喜欢下午的肥皂剧，看到儿童节目也不会转台；但是他们最喜欢的是晚间的暴力节目。枪战、杀戮、折磨与战斗，这才是滋养他们的东西。她观察他们看电视的样子——他们好像融入电视故事情节中，不由自主地跟着紧张、放松，蹙眉或露出胜利、残酷的神色，呻吟、叹气、兴奋地呐喊："就这样，就这么做！""剁了他！""杀了他，砍他！"当子弹穿透身体、鲜血四溅、被害者痛苦尖叫，他们便发出兴奋参与的呻吟声。

近来，地方报纸充斥抢劫、盗窃、闯空门的消息。有时这群人（包括班）一整天甚至两三天都没来骆维特家报到。

"你去哪里了，班？"

他淡然回答："和朋友一起。"

"我知道，但是去哪里？"

“到处逛。”

去公园、咖啡馆、电影院，当他们有机会借到（或偷？）摩托车，他们会去海边城镇。

她想过打电话给校长，有什么用？如果她是校长，这群人不上学，她也会如释重负。

告诉警方？但是让班落到警察手里？

这群人似乎永远不缺钱用。好几次他们对冰箱里的吃食不满意，自己买了一大堆东西，整晚吃个没停。戴瑞克（从来不是班）有时会邀请她吃一点。

“亲爱的，来吃点外带食物？”

她接受了，但是远远坐到一边，她知道他们不希望她太接近。

报纸上还有强暴的新闻……

她仔细检查这些脸庞，企图对照她在报上读到的新闻。他们的脸和普通年轻人没两样，看起来似乎不止十五六岁。戴瑞克一脸蠢样，看到电视上残忍的镜头，他会虚弱兴奋地笑个没完。埃尔维斯是瘦削、轮廓分明的金发青年，非常有礼貌，海蕊认为他是个坏坯子，眼神和班一般冷酷。比利胖又愚蠢，举手投足都很夸张，看到电视里的暴力镜头，他就完全投入，兴奋地跳起来，好像要冲进屏幕里——其他人见状便嘲笑他，他才恢复神志坐下来。比利令海蕊生畏，他们全令她害怕。但是这几个并不是聪明的料。或许埃尔维斯还算聪明。如果他们干些偷鸡摸狗（或者更糟）的事，是谁策划的？是谁在照应他们？

班？打从他上学以来，“他不知道自己的力气有多大”这套公式便一直跟着他。他如何控制那种海蕊深知一定会淹没他的怒火？她总是暗地观察班的身上有没有割伤、瘀青或伤口。他都有，但不严重。

一天早上，她下楼时发现班和戴瑞克在厨房吃早餐。她没说什么，但知道这状况会越来越频繁。不久，早餐人数便增至六人；她听到他们夜里很晚才进门，蹑手蹑脚爬上楼，自己找床睡。

她站在餐桌前，决心坚持到底，勇敢地面对他们说：“你们不能想来就来，或是睡在这里。”他们低着头，继续吃饭。

“我说真的。”海蕊坚持。

戴瑞克故意用轻慢的口气笑着说：“噢，对不起，对不起，真的对不起。我们以为你不在意。”

“我在意。”她说。

令海蕊最畏惧的粗野少年比利说：“这房子很大。”他没抬头看海蕊，只管低头扒饭，发出响亮的声音。

“这不是你的房子。”海蕊说。

“总有一天，我会把这栋房子抢过来。”埃尔维斯大声笑。

“哦，或许你会，是的。”

他们想起来时，就会说些这类“革命”言论。

当他们沉浸于某种普遍流行的气氛或参与某种运动，他们会熟稔地说些：“革命来临，我们将……”“我们要杀掉所有有钱的王八蛋……”或“富人和穷人不适用同一条法律，大家都知道。”口气带着复制他人言论的昂扬饱满情绪。

这些日子以来，戴维都很晚才下班，有时甚至不回家。他住在某个同事家中。一晚，他较早回家，看到他们这伙人八九个坐在那儿看电视，啤酒罐、中餐外卖的纸盒、盛装炸鱼薯条的纸包丢得满地都是。

他说：“整理干净。”

他们缓缓起身，清理脏乱。戴维是个男人，这家的主人。班一起动手收拾。

“够了，”戴维说，“现在，统统给我回家。”

他们无精打采地走掉，班也跟着离去。戴维与海蕊都没阻止他。

他们好久不曾单独相处，好几个星期吧。戴维想说些什么，但又畏惧出口——畏惧激起自己可怕的怒气？

“你难道不知道局面会变成怎样？”他终于开口，从冰箱里随便拿出一盘可以吃的东西，坐到餐桌前。

“你是说，他们会越来越常聚在这里？”

“是的，我的意思就是如此。难道你看不出我们必须卖掉这房子？”

“是的，我知道我们应该。”海蕊平静地说，但戴维误解了她的语气。

“看在老天爷的分上，海蕊，你还在等待什么？真是疯狂……”

“我只是想孩子们可能希望我们保留这房子。”

“我们没有孩子，海蕊。或者应该说我没有孩子，你倒还有一个孩子。”

海蕊觉得戴维如果多花点时间在家里，他就不会说这种话。她说：“有些事情，你看不清楚，戴维。”

“譬如？”

“班迟早会离开。他们这群人都会离开，班会跟着他们走。”

他沉思此事，思索海蕊的说法，下颚缓缓咀嚼移动。他看起来好老，比实际年龄老多了，他才五十岁，却像六十多岁的人。他的头发灰白，身体佝偻，像个阴影，表情疲倦，眼神警觉，随时准备迎接麻烦。现在他就用这种眼神看她。

“为什么要离开？他们随时可以来这里，爱干什么就干什么，白吃白喝。”

“这里对他们而言已经不够刺激了。原因就是如此。我想他们总有一天会流浪到伦敦或某个大城市。上个礼拜他们便失踪五天。”

“到时，班会跟着他们一起走？”

“班会跟着他们一起走。”

“你不会去追他，把他找回来？”

海蕊默不作声。这话不公平，戴维也知道，过了一两分钟，他说：“对不起。我累坏了，不知道自己在说些什么。”

“他走了，或许我们可以到哪儿度个假。”

“唔，或许可以吧。”戴维的语气听起来好像相信此事可行，甚至渴望成行。

晚一点，他们并肩躺在床上，没有爱抚，只是聊聊去珍的学校探望她的话题，还有家长日那天要去保罗的学校探亲等。

他们躺在四个孩子诞生（班除外）的大房间。楼上是空无一人的房间与阁楼。楼下是空荡荡的起居室与厨房。所有门都锁上了，如果班返家，就得按门铃。

她说："班走了后，我们可以卖掉这房子，买个比较合理的房子。或许孩子们愿意在班不在家的时候来探望我们。"

没有回答。戴维睡着了。

之后没多久，班和那伙人又失踪了几天。她在电视上看到他们，《新闻快报》报道北伦敦地区发生暴动事件。他们不在那群丢砖块、铁条、石头的民众之中，而是站在一旁睨视、嘲笑，讲些鼓动的话。

第二天他们回来了，但没坐下来看电视。他们蠢动不安，又出去了。第二天早上新闻报道一家小店被侵入，店里有邮局附设的柜台，大概被抢了四百镑。店主被绑并封住嘴巴。负责邮局柜台的女士则被痛殴，不省人事。

当晚七点左右，他们回来了。除了班之外，每个人都一副干了大事的亢奋神情。他们看到海蕊，互相交换眼神，窃喜于她无法分享的秘密。她看到他们掏出一沓沓钞票，点数之后，又塞回口袋。如果她是警察，光看他们这副得意扬扬、脸色兴奋发红的模样，就会起疑心。

班不像他们这般狂喜，神色和平日一样，让人误以为他没参与其中——不管是什么勾当。但他在那场暴动现场，她看到了。

她试探地问道："我在电视上看到你，你在白石区那儿。"

“嗯，是呀。我们在那儿。”比利胜利地宣扬。

“你看到的就是我们。”戴瑞克说，跷起拇指，以示自我称许。埃尔维斯则神色警觉、机敏。其他几个非固定成员，只是偶尔一起到此鬼混的男孩表情大乐。

几天后，她对他们说：“我想你们该知道这房子要卖了——不是马上，但很快。”

她特别注意班，但他并未转头注视她。她想班应当听进去了，但是他什么话也没说。

“所以，你们要卖房子，又怎样？”戴瑞克说。海蕊觉得他似乎出于礼貌，必须有所响应。

她等待班说些什么，但是他没说。他对这群人的认同是否强烈到他不再认为这是他的家？

当班离开那伙人听得到的范围，海蕊对他说：“班，我给你一个住址，如果你将来回到这儿，找不到我们，通过这个住址，永远可以联络上我。”她说这话时，似乎能感觉到戴维以讽刺、不苟同的神色望着她。她心中默默对着不在场的戴维说：“好吧！就算我不这么做，我知道你也会这么做……我们就是这样的人，不论命运如何安排，我们都无能为力。”

班收下她的字条，上面写着她的名字——海蕊·骆维特，还有莫莉与菲德烈夫妇代转，以及他们在牛津的地址。这事让她感到一丝恶意的快感。后来，她发现那张纸条被班弃置在房间地板上，忘记了或不在乎。海蕊放弃了再尝试。

春去，夏来，班那伙人越来越少光临，有时几天不见人影。戴瑞克搞来了一辆摩托车。

现在，她只要听到闯空门、拦路抢劫、强暴的新闻，不管发生在哪儿，她都归罪于他们，而后又自责不公平。不可能每件坏事都是他们干的！同时，她渴望这伙人早点远走高飞。她心内汹涌着展开新生活的渴望。她希望与这栋房子做一个了断，不再去想它。

但这伙人偶尔还是会来。如果他们失踪的时间不长，便不交代去了哪里，只是荡进起居室，围坐在电视机前，有时四五个，有时一伙十个、十一个。他们不再搜刮冰箱里的食物；冰箱里现在食物很少。他们自己带来成堆、各式各样、十数种异国食物。比萨、咸法式派皮蛋挞、中国菜、印度菜、色拉馅的皮塔饼[1]、墨西哥炸玉米薄饼、墨西哥面粉薄饼、印度炸三角包、墨西哥辣豆汤、派、肉馅饼和三明治。他们难道不该是见识狭

1. 皮塔饼是中东地区相当普遍的一种扁圆形面包。

窄的传统英国人，不吃父母没听过的食物？他们似乎不在乎吃到嘴里的是什么，只要够他们狼吞虎咽即可；面包屑与面包皮、纸盒乱丢，也不收拾。

海蕊跟在他们后面收拾，心想：再忍耐也没多久了。

她独自坐在厨房餐桌边，他们在隔间矮墙另一边的起居室里躺着看电视，电视的噪声与他们嘈杂、喧闹、仇恨的话语声相激荡——那种声音属于疏离、不具理解力、充满恨意的族群。

巨大的餐桌给她带来安慰。它原本是屠夫丢弃不要的屠案，刚买来时，表面粗糙、刀痕累累，现在都已磨平，显露出干净、奶白的新底层，进入另一阶段。海蕊与戴维替这张桌子上蜡。在那之后，人们的手、袖子、手指、夏天时裸露的下臂膀、孩童坐在大人膝上打瞌睡时碰到桌面的额头，还有在大人搀扶与鼓掌欢呼下踏在桌面蹒跚学步的肥胖小脚，都曾数千次接触过这张桌子。它是在许久以前用整块橡木做成的，二十年来的抚平与触摸让这块大木板表面如丝缎般光滑，平滑的手指几乎可以在上面溜冰。表层之下隐隐可见树木的瘤节与纹理，每个花样她都熟记在心。虽然光滑如镜，桌面上还是留下了伤痕。这块棕色半圆痕迹是多拉丝有一次不小心把太烫的平底锅放在桌上，她气愤自己的粗心，连忙拿走而留下的痕迹。那边有道黑色弯曲的凸痕，海蕊不记得是怎么弄的。如果你从某个角度看，还可看到桌面有小小的凹洞塌痕，那是用来盛放热碟子，保护宝贝桌面不被烫到的三脚铁架造成的痕迹。当海蕊倾身，微亮的桌面会反照出她的脸，有点模糊，但已足以让她倒退，不再看桌面。她和戴维一样，看起来好老。没人会认为她只有四十五岁。那不是一般的老态——灰发与憔悴疲累的肌肤，而是某种无形的物质已从她身上漏光。那是一层类似脂肪的东西，并非真的有形物。这种人人皆有且视为理所当然的东西，她已经被榨干。

她靠回椅背，避免再看到自己模糊的脸庞。她开始回想当初买这张桌子就是为了欢庆与享受家庭生活。她在脑海中重建二十年、十五年、十二年、十年前的场景，追溯这张“骆维特餐桌”的各个阶段，先是戴维和她，两个勇敢无知的人，然后是他的父母，接着是多拉丝、她的姐妹……然后宝宝诞生了，变成幼儿……接着，新的宝宝……二十个人、三十个人，全围坐在这张桌子旁，让光亮的桌面反照出他们的脸庞。他们还得在桌子的尾端再加张桌子，用支架在两旁撑起添加的木板……她看到桌子变长变宽，人们围坐，脸上总是笑容洋溢，因为他们的梦想不容许批评与杂音。新生宝宝，还有孩子……她听见小朋友们的笑声与话语，然后宽大光亮的餐桌似乎暗沉了，班出生了——这个外星人、破坏者。她小心翼翼地转头，担心惊动班的敏锐知觉（她确定他拥有）。她看到班坐在椅子上，和平日一样，他与其他人保持一段距离，永远如此；他的眼睛注视他人的脸庞，观察着。冰冷的眼睛？海蕊一向认为班的眼睛冰冷；但他究竟看到什么？深思的模样？从外表看，你可能会认为他在思考、吸收他看到的一切讯息，并依据海蕊或任何人都无法猜测的内在模式排列组合这些讯息。和这些粗糙、尚未发育完全的年轻人相比，班是个成熟的“生物”。发育完毕。全然成熟。透过班，海蕊觉得她好像看到一个早于人类几千年便已发展至巅峰的“种族”。班的族人是否住在地底洞穴，地面上是冰河时期，他们捕捉地底伏流的鱼维生，或者偷偷跑上地面，在暴风雪中设陷阱诱杀熊、鸟甚至人（海蕊的祖先）？班的族人是否强暴了人类的祖先，创造新的人种？而后这些新人种日益发达繁盛，与他们分支而去，但班的族人还是在人类母群中留下种子，偶尔就会冒一个出来，譬如班？（班的基因或许已遗留在某些胚胎里，正挣扎着要出世？）

班是否能像正常人一样，感受到她的眼光停驻在他身上？有时海蕊望着他，他也会回望海蕊，次数不多，但他们的确有过四眼相望的情况。海蕊的眼神会露出猜测、询问的神情，以及她想要多了解他一点的需求与热望，毕竟，他是她怀胎八月（虽然她差点死掉）生的。但是他感觉不到海蕊的疑问。漠然、漫不经心，他转开视线，注视同伴与追随者的脸庞。

然后，他又看到什么？

现在，他还记得海蕊——他的母亲，但这对他而言，又有何意义——把他从那个地方救回来吗？还记得海蕊发现他时，他被束身衣禁锢，像个半死的可怜东西吗？他知道海蕊因为带他回来，导致这个家人去楼空，人人弃它而去，留她一人孤守吗？

海蕊的思绪不断转圈：如果我当时放手让他死，那么我们这些人（为数众多的亲友）就会快乐生活，但是我做不到，因此……

接下来，班又会如何？他已经摸清楚大城市里那些没有家或正常房子可安身的人所居住的半废弃建筑、洞窟或蔽身处：他必须摸清楚，否则他离家的这些日子（有时长达数周），要住在哪里？如果他还是经常参与群众事件、成群结队寻找暴动与街头斗殴的刺激，很快地，警方就会熟知他与那伙人的面孔。他可不是那种容易被忽略的人……她怎么会这么想呢？班从出生以来，还没跟官方打过交道。当她在电视上看到他混进人群时，他总是穿着夹克，领口竖直遮住脸，还戴了围巾，看起来像戴瑞克的小兄弟。他看起来就像矮壮的中学生。他刻意穿那样掩饰自己吗？这是否表示他知道自己的长相惊人？他在自己的眼中是什么样子？

人们会一直拒绝正视、承认他的本质吗？

就算有人承认，也不会是官方人士或权威专家，绝不可能是，因为如此一来，他们必须接下责任。不管是老师、医师或专家都无法说出班是“什么”，警察、警方的医学专家或社工也一样。但假设有一天，有一个研究人类情境的业余者，譬如特殊的人类学家，他真的亲眼看到了班（或许看到班与同伙站在街头，或者在违警法庭里看到他们），然后这位人类学家说出了事实，承认班并非常人，对他好奇……然后又如何？班有可能成为科学研究的祭品吗？他们会对他做什么？把他切开来？检查他有如棍棒的骨头与那双眼睛，然后找出班为何说话如此浓浊奇怪的原因？

如果上述假设不会发生——根据海蕊的经验，这不可能发生——那么，她可以预见班的未来只会更糟。这伙人会继续以偷窃维生，迟早会被抓。班也会被抓。落到警方手中，他会挣扎怒吼、顿足咆哮，完全无法控制怒气；警方只好用药镇定他，别无选择。要不了多久，他会再度沦落成海蕊当初找到他的状况，半死不活，看起来像只巨大的蛞蝓，被捆绑在“寿衣”里，苍白软瘫。

或许他有办法躲过被捕？他够聪明吗？他的同伴与党羽显然不聪明，很容易就因为抑制不住的兴奋与得意而暴露罪行。

海蕊静静地坐在那儿，电视声响与那群人的谈笑声从隔壁房间传来；偶尔，她瞄班一眼，随即转开目光；她不知道这帮人何时会走，他们走的时候，她甚至不会知道这次是一去不返。她会坐在这张安静柔和似池水般的大餐桌旁，等待他们回来，但他们不会回来了。

但他们又何必待在这个国家？他们很容易便一去不返、消失于世界众多的大城市，加入当地的地下社会，靠偷拐抢骗过日子。或许要不了多久，在她和戴维（独自）居住的新居里，她会在电视上看到柏林、马德里、洛杉矶、布宜诺斯艾利斯的新闻，她会看到班，远远站在人群外，用妖怪般的眼睛瞪视着摄影机，或者，在人群中寻找另一个同类的面孔。